O SEGREDO DO DISCO PERDIDO

Uma aventura ao som do Clube da Esquina

Caio Tozzi • Pedro Ferrarini

O SEGREDO DO DISCO PERDIDO

Uma aventura ao som do Clube da Esquina

Ilustrações: Leblu

11ª impressão

PANDA BOOKS

texto © Caio Tozzi e Pedro Ferrarini
ilustração © Leblu

Direção editorial
Marcelo Duarte
Patth Pachas
Tatiana Fulas

Gerente editorial
Vanessa Sayuri Sawada

Assistentes editoriais
Henrique Torres
Laís Cerullo

Assistente de arte
Samantha Culceag

Diagramação
Elis Nunes

Preparação
Beatriz de Freitas Moreira

Revisão
Andréa Vidal
Marina Ruivo

Impressão
PifferPrint

CIP — BRASIL. CATALOGAÇÃO NA PUBLICAÇÃO
SINDICATO NACIONAL DOS EDITORES DE LIVROS, RJ

Tozzi, Caio
O segredo do disco perdido: Uma aventura ao som do Clube da
Esquina / Caio Tozzi, Pedro Ferrarini; [ilustração Leblu]. – 1. ed.
– São Paulo: Panda Books, 2014. 144 pp. il.

ISBN 978-85-7888-327-0

1. Ficção infantojuvenil brasileira. I. Ferrarini, Pedro. II. Oliveira,
Leandro. III. Título.

13-06246   CDD: 028.5
                                                          CDU: 087.5

2025
Todos os direitos reservados à Panda Books.
Um selo da Editora Original Ltda.
Rua Henrique Schaumann, 286, cj. 41
05413-010 – São Paulo – SP
Tel./Fax: (11) 3088-8444
edoriginal@pandabooks.com.br
www.pandabooks.com.br
Visite nosso Facebook, Instagram e Twitter.

Nenhuma parte desta publicação poderá ser reproduzida por qualquer meio ou forma
sem a prévia autorização da Editora Original Ltda. A violação dos direitos autorais é
crime estabelecido na Lei nº 9.610/98 e punido pelo artigo 184 do Código Penal.

FSC
www.fsc.org
MISTO
Papel | Apoiando
o manejo florestal
responsável
FSC® C044162

Porque se chamavam homens,
também se chamavam sonhos,
e sonhos não envelhecem.

Milton Nascimento,
Lô Borges e Márcio Borges
Clube da Esquina 2

SUMÁRIO

Todo artista tem de ir aonde o povo está ... 8

Capítulo 1 – Pé na estrada ... 10
Capítulo 2 – Um disco valioso ... 14
Capítulo 3 – Da janela lateral ... 19
Capítulo 4 – Papagaio de toda cor ... 24
Capítulo 5 – Nada será como antes ... 33
Capítulo 6 – O Vendedor de Sonhos ... 40
Capítulo 7 – Chaleira! Chaleira! Chaleira! ... 54
Capítulo 8 – Encontros e despedidas ... 67
Capítulo 9 – O suspeito ... 75
Capítulo 10 – Nos bailes da vida ... 83
Capítulo 11 – Aplausos! ... 88
Capítulo 12 – Pó, poeira, ventania ... 94
Capítulo 13 – A grande festa ... 106
Capítulo 14 – Maria, Maria ... 118
Capítulo 15 – Travessia ... 122
Capítulo 16 – Amigo é coisa pra se guardar ... 126

O universo do Clube da Esquina ... 132
Agradecimentos ... 143

TODO ARTISTA TEM DE IR AONDE O POVO ESTÁ

As canções do Clube da Esquina são, para nós, como um abraço. Não há, certamente, nenhum outro movimento musical no mundo que tenha essa capacidade: o abraçar cheio de afeto, que leva ao próprio universo, com tanta intensidade, aqueles que escutam seus representantes. Talvez por isso nós sempre nos deixamos levar por todos eles. Nós nos deixamos levar pelo Milton, pelo Lô, pelo Beto, pelas canções do Fernando, do Márcio, do Ronaldo. Falamos deles assim, tão intimamente, porque, desde a nossa infância, passaram a fazer parte da nossa casa, do nosso rádio, dos nossos toca-discos, da nossa vida.

Foi com esse sentimento de afeto que resolvemos fazer a viagem que aqui está. Assim, buscamos os meninos que estão em nossos corações para dar asas à criatividade. Ouvimos e pesquisamos letras e canções. Criamos um universo para uma história que fosse embalada ao som desse Clube.

Nossa vontade era a de escrever um livro dirigido ao público infantojuvenil, muito retratado e acarinhado pelo movimento, mas que pudesse atingir também os adultos, trazendo, em uma nova proposta e formato, os valores que as canções do Clube da Esquina envolvem. Da mesma forma, fazer com que as crianças e os adolescentes, orientados por um adulto, pudessem resgatar cada canção, cada composição, cada parte desse tão imenso Clube. Como bem diria seu Borges, o terno avô de nosso protagonista: "Isso é uma coisa que nunca se deve perder!".

O segredo do disco perdido – Uma aventura ao som do Clube da Esquina se tornou a menina dos nossos olhos. Abraçamos este projeto como se estivéssemos com aqueles meninos que se reuniam na esquina da rua Divinópolis com a rua Paraisópolis, em Belo Horizonte, retribuindo o afeto que nos deram em seus discos. Por causa disso, resolvemos não apenas homenagear os emblemáticos LPs "Clube da Esquina", volumes 1 e 2, mas também abranger canções de toda a carreira dos componentes desse grupo de amigos.

Assim, esta história foi escrita para ser lida ao som dessas canções. No final do livro você poderá encontrar os nomes das músicas que aparecem na aventura e também detalhes e outras informações sobre o Clube da Esquina. Para nós, este livro trouxe um sentimento tão forte quanto um abraço daquelas canções. Um abraço que queremos dividir com você.

Boa viagem!
Os autores

Capítulo 1
PÉ NA ESTRADA

— Os documentos, por favor.
— Estão aqui! – respondi com segurança. Entreguei a autorização ao guarda, acenei para o meu pai e entrei no ônibus.

Era a primeira vez que eu viajava sozinho. Até então, minha mãe não via com bons olhos aquela história, mas acredito que ela não tinha motivos para isso; afinal eu estava indo para a casa dos meus avós, lá no interior de Minas Gerais. Algo me dizia que aquelas férias seriam bem diferentes.

Sabia, pelo o que meu pai me contava, que eu já estive na cidadezinha quando era pequeno. Talvez por isso me lembrasse muito pouco de lá. Mesmo assim, toda vez que meu avô me ligava, ele contava exatamente como era o lugar em que morava. Falava dos campos, das montanhas, das pessoas que ali viviam, gente de todo tipo, sempre amiga e bacana umas com as outras.

As portas abertas, a mesa sempre cheia de comida gostosa, igrejas muito bonitas e histórias bem diferentes das que eu já tinha ouvido. O vovô chamava isso de *causos*.

A viagem era longa, por isso havia separado na minha mochila algumas distrações para o caminho.

Peguei meus gibis preferidos e um livro bem legal que eu estava lendo (um presente de Natal), além de muita música no meu MP3. Aprendi a gostar de música com o meu pai. Ele sempre dizia que com ela a gente viajava longe, para outro lugar, como se estivesse dançando no tempo. Olhava a paisagem que ia passando. As coisas foram mudando ao longo da estrada. No começo eram prédios e mais prédios. Depois, o céu ficou mais alto, mais aberto. Um bonito gramado tomou conta da margem da estrada e, mais para a frente, começaram a aparecer muitas montanhas. Percebi que estava chegando ao interior.

Quando entramos em Minas, o ônibus fez uma parada. Achei por um instante que já tínhamos chegado, mas não vi nenhum sinal de rodoviária. Era estrada ainda. Olhei pela janela e vi um sujeito bem diferente embarcando. Era um velhinho magro, com uma barbicha e um chapéu enorme. Vestia uma roupa amassada, carregava duas grandes malas e um violão. Achei estranho e um pouco engraçado. De onde ele estaria vindo? Ele sorria para os passageiros, acenando, como se conhecesse todos eles. Procurou um lugar para se sentar e percebi, de repente, que a única poltrona vaga era bem ao meu lado. E foi ali que ele se sentou.

– Muito prazer! – ele me disse.

Respondi, tentando ser simpático também, mas, um pouco envergonhado, logo tratei de pôr meus fones nos ouvidos. Algumas músicas depois, senti alguém me cutucar e levei um susto: era o meu vizinho de banco com um dos meus gibis nas mãos.

– Deve ser seu. Estava no chão.

Agradeci com um sorriso e perguntei se ele não gostaria de ler. O velhinho aceitou e completou:

– Você se parece com alguém que eu não sei quem é...

Bom, eu também não sabia.

Logo o ônibus chegou à rodoviária da cidade. Vovô e vovó, cheios de alegria, já estavam na plataforma acenando para mim. Eu quase não estava acreditando: a aventura das minhas férias ia começar.

Capítulo 2
UM DISCO VALIOSO

— Daniel!!! Daniel!!!
Meu avô gritava enquanto eu descia os degraus do ônibus. Corri para os braços dele e lhe dei um forte abraço. Que saudade! Vovó também correu para me dar um beijão e disse que tinha preparado muitas surpresas para mim. Pegamos as malas no bagageiro e seguimos em frente. Aí me lembrei do gibi que havia emprestado para o homem no ônibus. Então eu o vi já longe, levando as suas malas e o violão. Tudo bem, eu tinha muitos outros.

Subimos no velho e bom jipe do vovô. Ele tinha até nome, e muito imponente: Manoel, o Audaz. Quantas histórias papai havia me contado sobre ele.

Fomos em direção ao centro da cidade. Era engraçado como todos acenavam para nós. Vovô anunciava: "Ele chegou! Ele chegou!".

Uma cidadezinha bem gostosa, o ar com cheiro de tantas coisas boas: bolo de fubá, cafezinho puro, pão de queijo. O lugar não era uma metrópole, como meu avô dizia para brincar comigo, mas talvez, para ele, a cidadezinha de chão de pedra, de gente que vivia conversando na rua, da praça com igreja e coreto fosse a

grande alegria de sua vida. Por isso, sim, aquela poderia ser uma grande cidade.

Vovô era conhecido como seu Borges. Uma figura querida, que adorava conversar com todo mundo. Também não era para menos: era o dono do bar mais legal da cidade (acredito que até da região).

O bar dele ficava bem perto da praça e se chamava Bar da Esquina. Apesar do nome, não ficava em uma esquina, não. Essa era uma homenagem a um grupo formado por cantores e compositores mineiros chamado Clube da Esquina. Isso foi há muito tempo, e meu avô era fã dele. Ele sempre foi apaixonado por música, e sabe por quê? Porque ele já foi cantor! Imagine, meu avô cantor!

Mas é verdade, ele vivia pelos bailes da região cantando as músicas mais famosas da época e adorava ver o pessoal dançar. Essa carreira não deu muito certo, então ele abriu o bar para que pudesse convidar jovens músicos e ficar cantarolando atrás do balcão. A música realmente fazia parte dele.

Vovó se chama Lilia. A comida dela é deliciosa, danada de boa! Bolinhos de tudo quanto é tipo, sucos de frutas diferentes... Mas imbatíveis mesmo são os doces, até porque ninguém faz doce como mineiro: bolo de fubá, arroz-doce, doce de leite, doce de banana e um doce que tem um nome difícil, mas que acabei decorando: ambrosia. Também pé de moleque, quindim e o que eu mais gosto: pudim de pão. E tudo isso podia ser encontrado no Bar da Esquina. Que delícia!

Meus avós são demais. Os dois ainda são os responsáveis por organizar o grande baile da cidade, que acontece todos os anos. A vovó faz todas as gostosuras da festa, e o vovô cuida das apresentações – assim também volta no tempo e se lembra de quando cantava pelos "bailes da vida", como adora dizer.

* * *

– Daniel, venha cá que eu quero mostrar uma coisa!
Corri para ver o que vovô queria.
– Acho que você nunca viu isto...
Vovô tirou um disco do armário da sala.
– Eu o guardo há muito tempo, Daniel. É uma das coisas mais valiosas que tenho.

Na capa havia dois meninos sentados, um branco e outro negro, no meio da estrada.
– Este é o disco "Clube da Esquina" – vovô disse. – E o meu está autografado pelo Lô Borges. É a coisa mais linda!

Nunca tinha visto aquele disco, mas sabia que o Clube da Esquina era importante para o vovô. Então ele me contou toda a história.

– Sabe como eu o consegui? Foi em uma noite mágica, uns quarenta anos atrás. Todos aqui na cidade esperavam por aquele show. Estava sendo anunciado há meses, e a população compareceu em peso. Eu me lembro daquele dia como se fosse hoje: o show de um menino talentoso demais que estava começando a carreira, o Lô Borges.

Vovó entrou na sala, achou graça ao ouvir aquela história sendo contada mais uma vez e já emendou:

– É, Daniel, eu acho que aquele dia foi até mais importante para o seu avô que o dia do nosso casamento!

– Aí contaram para o Lô que havia um sujeito com o mesmo sobrenome dele na cidade e que adorava cantar: era eu, Daniel – vovô continuou. – E não é que ele quis me conhecer e me convidou para subir ao palco para cantarmos juntos?

– Foi lindo! – lembrou vovó.

– Queria que um dia isso acontecesse de novo. Nunca mais foi possível – lamentou.

Naquele dia eu tive certeza de que aquilo tudo era mesmo especial. Eu ainda não conhecia muita coisa do tal Clube e de suas músicas, mas confesso que comecei a ficar curioso.

Capítulo 3
DA JANELA LATERAL

Já anoitecia na cidade. Vovó, na cozinha, tirava o jantar da mesa. Fui para o quarto que havia sido arrumado para mim. Ainda tinha aquele cheiro de quarto fechado (era o do meu pai quando criança). Precisava arrumar o meu canto naquelas férias. Eram gibis e livros. Era roupa de todo tipo, sem esquecer a sunga para nadar no rio. Um par de chuteiras e os chinelos. E pijama para dormir. Eram as lembranças que o papai tinha mandado para o vovô e para a vovó. E também o meu MP3, fiel companheiro, com todas as minhas músicas. Tentei ligá-lo, mas não deu certo. "Será que quebrou?!", pensei. E se realmente tivesse quebrado? Liguei, desliguei, e nada. Chacoalhei, e nada. Virei de ponta-cabeça, e nada. Era preciso recorrer a alguém mais experiente para consertar aquilo:

– Vôôôôô!

Só sei que meu avô fez uma cara estranha e até torceu o nariz quando entreguei aquele aparelho moderno e pedi que ele consertasse. Meio sem jeito, confessou:

– Olhe, Daniel, eu não entendo dessas modernidades todas. Não sei como consertar isto!

Que terrível! Eu não conseguia imaginar como passar as férias sem ouvir as minhas músicas. O que mais eu poderia fazer? Voltei para o quarto meio triste e acho que meu avô percebeu isso. Logo depois, quando eu já estava terminando de arrumar as minhas coisas, ele bateu na porta.

– Daniel?

Depois de entrar, ele se sentou na cama. Estava escondendo alguma coisa atrás das costas. Então ele me mostrou um aparelho meio estranho, antigo, com fones bem grandes:

– Isto é um gravador de mão. É um aparelho que eu tinha na minha juventude. Não sei se pode ajudar, mas, como o seu tocador de música quebrou, gostaria de oferecer este a você. Não é tão sofisticado como o seu, mas toca música também. E tem até rádio... Aliás, a rádio daqui é uma beleza! Aqui está. Talvez você possa passar um pouco do seu tempo com ele.

Confesso que eu nunca tinha visto algo como aquilo. E confesso também que fiquei bem interessado em tê-lo como companheiro. Meu avô ficou contente por eu aceitar o empréstimo.

Assim que ele saiu do quarto, fiquei mexendo no aparelho para tentar descobrir como funcionava. E percebi que ele havia esquecido algo lá dentro: uma peça de plástico, com dois furos no centro e uma fita escura. Será que era ali que ficavam as músicas?

Para saber, só me restava apertar o *play*, já que nesse ponto era igual ao meu MP3. Foi nessa hora que alguém abriu a porta sem bater. Tomei um susto!

– Desculpe, Daniel, não queria te assustar – disse vovó. – Só queria falar para depois você dar uma olhada pela janela. A vista é muito bonita à noite. Acho que daqui se vê a melhor paisagem da cidade! Boa noite, querido!

O quarto ficava no segundo andar da casa. Fui correndo abrir a imensa janela lateral do quarto de dormir. Que mundão bonito! As luzinhas da cidade, gente na praça, o céu estrelado, pássaros voando. Dava para ver a igreja com uma imensa cruz. Naquela hora, para matar a outra curiosidade que havia ficado esperando, apertei o *play* e não acreditei no que escutei. Uma música começou e dizia assim:

Da janela lateral
Do quarto de dormir
Vejo uma igreja, um sinal de glória
Vejo um muro branco e um voo pássaro
Vejo uma grade, um velho sinal

Mensageiro natural
De coisas naturais
Quando eu falava dessas cores mórbidas
Quando eu falava desses homens sórdidos
Quando eu falava desse temporal

Você não me escutou
Você não quer acreditar
Mas isso é tão normal
Você não quer acreditar
E eu apenas era

Cavaleiro marginal
Lavado em ribeirão
Cavaleiro negro que viveu mistérios
Cavaleiro e senhor de casa e árvores
Sem querer descanso nem dominical

Cavaleiro marginal
Banhado em ribeirão
Conheci as torres e os cemitérios
Conheci os homens e os seus velórios
Quando olhava da janela lateral
Do quarto de dormir

Você não quer acreditar
Mas isso é tão normal
Um cavaleiro marginal
Banhado em ribeirão*

    Naquele exato momento, comecei a achar que aquele lugar era mágico mesmo. Comecei a achar que aquele gravador também era. E a música também. E aquilo era só o começo.

---

* No final do livro você encontrará mais informações sobre as músicas que aparecem nesta aventura.

Capítulo 4
PAPAGAIO DE TODA COR

Acordei cheio de ansiedade naquela manhã. Levantei da cama disposto, abri a janela e vi um sol lindo brilhando lá fora. Do alto, vi também alguns meninos jogando bolinha de gude na praça, senhoras conversando na janela e, ao fundo, o Bar da Esquina.

Estava louco para saber como seria meu primeiro dia de férias. Também estava preocupado, porque conhecia pouco da cidade, quase nenhum lugar e ninguém além dos meus avós.

Desci para a cozinha, e a mesa estava cheia de coisas boas. Vovó e vovô já estavam me esperando:

– Bom dia, Daniel! Hoje começam de verdade as suas férias! Já sabe o que vai fazer?

– Ah, vô... Não sei ainda... Eu não conheço ninguém por aqui.

– Não conhece, mas vai conhecer! A gente tem muito o que fazer nestas férias, Daniel. Incluindo um grande baile!

Achei demais aquela ideia de ajudar na organização da festa.

– E logo vamos ter de pôr a mão na massa – vovô avisou. – Mas, antes disso, tenho um presente para dar a você.

"Outro gravador?", pensei. Desta vez, nas mãos escondidas atrás das costas havia um lindo papagaio verde, com uma rabiola comprida e colorida.

– Fiz especialmente para você! É só ir empinar lá fora! – disse ele, cheio de entusiasmo. – Vá brincar na rua sossegado. Caso você se perca, é só mandar este papagaio para o céu que eu encontro você. Dá para ver de longe!

Adorei o presente. Resolvi levá-lo sempre na minha mochila, para onde quer que eu fosse.

– Não perca tempo. Corra e vá brincar lá fora. O dia está lindo!

Foi o que eu fiz. Antes de cruzar a porta, ainda pude ouvir o vovô dizer à vovó:

– Sabe, Lilia, quero que este ano o baile seja muito especial. Tudo porque o Daniel está aqui.

* * *

Nenhum vento, nem um ventinho. Nada parecia colaborar com a minha primeira experiência de "empinador de papagaio". Nada de o papagaio subir. O vento, às vezes, até assoprava, mas aquilo não ajudava muito. Ele subia, subia, subia e *fiuuuuu*... esborrachava-se no chão.

Queria ver aquela rabiola rodopiar bonita no céu azulzinho. Precisava encontrar o melhor lugar para conseguir isso. Subi em bancos, pulei alto, corri pelas ruas, passei pelas casas, saltei de muretas, até ir parar em um gramado lindo, sem nada que impedisse a chegada do vento até mim.

Nada. O tempo não estava mesmo a meu favor.

De longe, uma moça me observava. Estava sozinha e ria. Na verdade, acho que ela estava rindo de mim.

De repente, o vento apareceu. Meu papagaio deu uma volta no ar. Uma, duas voltas! Que máximo!

Aí veio mais forte. E veio com tudo.

VUPT!!!

Meu papagaio deu uma, duas, três, quatro voltas e se foi...

– O vento levou meu papagaio! – gritei para mim mesmo.

E saí correndo. Corri mesmo! Não queria perder o papagaio que o vovô tinha feito para mim.

Corri, corri e corri, e até achei que conseguiria recuperá-lo não fosse... *PLAFT!*... aquela poça de lama no meio do caminho. O vento levou o papagaio, e eu estava lá, no chão, de cara suja, de roupa suja, todo melecado...

Naquele momento vi a moça se aproximar. Ela vinha agora com cara de preocupada. Quando chegou bem perto, estendeu a mão para mim e disse:

— Não fique triste, menino.
E naquele momento a minha tristeza foi embora.
— Linha nova? A linha é tão fácil de arranjar, uai... — explicou.
— Este papagaio foi meu avô que fez para mim... — respondi.
— Acho que posso ajudar você.
Eu me levantei do chão e ela se apresentou:
— Prazer, menino, meu nome é Maria.
— Prazer, Daniel.
— Nunca vi você por aqui...
— Eu não sou daqui mesmo. Estou passando as férias na casa dos meus avós — expliquei.
— Eu conheço uma loja na cidade que só vende papagaios. Talvez você encontre um novo. Vamos logo, que o tempo está fechando.
Maria, então, me levou à tal loja e me apresentou ao dono:
— Este é o... Como é mesmo o seu nome, menino?
— Daniel.
— Sim, é o Daniel. Ele é novo na cidade e está precisando de um papagaio, porque o vento levou o dele.
Olhei as estantes e havia vários. Papagaio de toda cor. Mas eu tinha um problema:
— O caso é que estou sem dinheiro.
Aí o dono da loja me olhou e sorriu:

— Fique tranquilo, rapaz. Você é nosso visitante e será um prazer dar a você um presente de boas-vindas. Pode escolher!

E não é que lá no fundo tinha um papagaio igualzinho ao que o meu avô tinha feito?

— Aquele! É aquele que eu quero!

Saí todo feliz da loja. Logo, logo os primeiros pingos de chuva começaram a cair.

— Olha a chuva aí! Preciso voltar para o trabalho — Maria me disse. — Você sabe voltar para casa?

Olhei ao redor e reconheci a área:

— Sei, sim. É só atravessar a praça.

Fomos cada um para um lado. Ela acenou e sorriu. E eu torci muito para encontrá-la outra vez.

* * *

Cheguei em casa todo sujo, mas com o papagaio intacto. Vovó me olhou, achou graça e disse que aquela brincadeira devia ter sido mesmo uma grande aventura. Ela me mandou para o banho e avisou que o almoço estava quase pronto.

De banho tomado, limpinho, fui para a janela ver a chuva. Os trovões não paravam, as pessoas corriam para suas casas, as folhas das árvores balançavam com força. E então a vovó me chamou para a mesa.

Passei a tarde deitado na minha cama, lendo um pouco, ouvindo música e também a chuva lá fora. De repente, a luz apagou. Desci correndo para a sala para não ficar sozinho no quarto. Um pouco depois o vovô chegou da rua dizendo que a região toda estava na escuridão e que não havia previsão de quando a energia voltaria. E foi logo acendendo as velas da casa. O que nos restava, então, era conversar e esperar a noite chegar.

Naquela escuridão, fiquei imaginando o tempo em que as pessoas não tinham luz elétrica. Não havia rádio, televisão, computador, muito menos internet. Vovô estava contando que no seu tempo de criança era assim. Depois, lembrou que contavam histórias de terror e de personagens do folclore, como a Mula sem Cabeça, o Curupira, o Saci-Pererê.

À luz de velas, tomamos um lanche noturno – suco, pão, queijo e bolo não precisavam da luz... Logo em seguida, o vovô pegou no sono e começou a roncar em cima da mesa. Vovó tratou de acordá-lo para subirem para o quarto. O que me restava, naquela noite, era ir dormir também.

No escuro, fiquei pensando em várias coisas: como seriam as minhas férias, na saudade que sentiria dos meus pais e... também na Maria. É, aquela garota que me ajudou à tarde. Então eu me lembrei do gravador que o vovô tinha me dado – ele era movido a pilha. Funcionava na falta de luz, uai! (Eu já queria me acostumar a pensar e a falar como eles – lá em Minas Gerais dizem sempre "uai!".) Enquanto o temporal batia no teto, na escuridão daquela noite, entrei debaixo das cobertas e ajeitei os fones nos ouvidos. Queria ouvir mais alguma coisa daquela fita misteriosa. E assim tocou uma música que contava uma história que não me era estranha. Eu disse que aquela fita era diferente.

Eu choro de cara suja
Meu papagaio o vento carregou
E lá se foi pra nunca mais
Linha nova que pai comprou

Dança Maria Maria
Lança seu corpo jovem pelo ar
Ela já vem, ela virá
Solidária nos ajudar

Não fique triste, menino
A linha é tão fácil de arranjar
Venha aqui, venha escolher
Papagaio de toda cor

A casa estava escura
No vento forte, a chuva desabou

A luz não vem, eu aqui estou
A rezar na escuridão, e só
Venho do vento da noite
Na luz do novo dia cantarei
Brilha o sol, brilha luar
Brilha a vida de quem dançar

Enquanto eu curtia aquela música bonita, ouvi um barulhão. Achei que era trovão, mas não era. Era um barulho muito estranho. Fiquei assustado, porque parecia vir lá de baixo. Tirei os fones dos ouvidos, deixei o gravador de lado e me levantei. Fui até a porta e a abri em silêncio, pois não queria acordar os meus avós. Tudo continuava escuro. Bom, sozinho, eu não ia ver o que era.

Capítulo 5
NADA SERÁ COMO ANTES

Acordei no dia seguinte com uma movimentação estranha pela casa. Quando me levantei e fui para a sala, tomei um susto de tanta gente que estava lá dentro. Eu até achei que tinha acordado no lugar errado. Alguma coisa havia acontecido. Procurei vovó, e ela estava esbaforida:

— Uma tragédia, meu querido! — ela disse, revirando o imenso armário da sala. — Aquele LP "Clube da Esquina" autografado que seu avô tanto ama... Sumiu!!!

Nossa, então o caso era grave: o disco que o meu avô carregava para todo lado tinha desaparecido. Muito estranho...

Vovô estava sentado na poltrona da sala, bem nervoso. Alguns vizinhos o abanavam para tentar acalmá-lo.

— Não acredito! Meu LP não pode ter desaparecido... Eu o ouvi ontem mesmo! Procurem em todo lugar! Isso é uma coisa que nunca deve se perder! Nunca deve se perder!

Eu fiquei preocupado. Todo mundo procurando, gente entrando e saindo da casa, e eu de pijama sem saber o que fazer. Vovô logo resolveu esse problema:

– Daniel, corra para o bar, para ajudar na procura por lá. Seu avô às vezes leva esse disco para deixar tocando para os clientes. A gente vai ter de achá-lo de qualquer jeito!

Imediatamente obedeci à ordem dela. Entrei como um jato no bar para ajudar na grande busca quando... eu não acreditei. Ela olhou para mim e sorriu. Eu sabia que ia reencontrá-la.

– Oi, menino! O que você está fazendo aqui?

Era a Maria.

– Ué... sou neto do seu Borges! – expliquei.

Ela fez cara de surpresa.

– Não acredito... Você é o neto que o seu Borges tanto estava esperando?

– Eu mesmo! E você, o que faz aqui?

– Estou procurando o disco do seu avô. Todos estão atrás do bendito! Sumiu...

– Eu sei disso! Mas o que você está fazendo aqui?

– Ah, eu trabalho aqui no bar.

Não acreditei quando ela disse aquilo. Ela estava mais próxima de mim do que eu imaginava. Aí, de repente, ela fez cara de interrogação.

– Então o papagaio de ontem foi o seu avô que fez?

– Sim, foi ele, sim!

Ela riu de canto de boca, achando graça de alguma coisa.

— Do que você está rindo, Maria?

— Nada, não... – disfarçou.

— Fale, por favor!

Ela chegou perto de mim e disse:

— Se eu contar um segredo, você não conta para ninguém? Muito menos para o seu avô?

Nunca contaria nada, era um pedido dela. Seria o nosso primeiro segredo.

— Seu avô não fez aquele papagaio, não. Ele comprou naquela loja em que fomos ontem. Você não viu que tinha um igualzinho ao que ele "fez"?

E ela deu uma gargalhada gostosa, e eu também. Depois, Maria continuou revirando as coisas, arrastando os móveis, mexendo nos armários.

— Sabe, menino, pelo que eu conheço do seu avô, esse disco é a coisa mais importante da vida dele. Ele adora o LP "Clube da Esquina". Sempre toca por aqui, na vitrola. Vive cantarolando as músicas. Tem até música com meu nome, sabia? Elas falam de tantas coisas bonitas. De amizade, de sonhos, das nossas paisagens, das montanhas, dos trens... Aliás, o que você conhece aqui de Minas?

— Nada... Eu estou aqui há apenas dois dias.

— Nada?! – espantou-se. – Não, não, você precisa começar a conhecer as coisas por aqui. Já está com-

binado. Hoje vou levar você ao lugar mais bonito que conheço, posso?
— Lógico! Onde é?
Ela sorriu e me disse:
— Segredo, menino. Mais tarde você vai saber.
— Tudo bem, Maria. Até mais tarde, então.
— Ah, só não se esqueça de tirar o pijama! — ela disse, divertindo-se.

Então percebi que nem tinha me vestido antes de sair correndo de casa depois da ordem da vovó... Era melhor eu voltar rápido. Maria e eu ficamos combinados assim: seis e meia na porta do bar. Até lá, a ordem era procurar, e muito, o LP desaparecido.

* * *

Naquele dia, meu avô não parou quieto. Foi de um lado para o outro da cidade, conversou com todo mundo, queria saber se alguém tinha algum sinal do seu disco. E ninguém sabia de nada. Concluiu, então, que o disco não havia simplesmente sumido: ele tinha sido roubado. Depois disso, foi conversar com o dono da gráfica local para já dar início à produção de cartazes de "PROCURA-SE", foi até a rádio fazer um apelo à população e prometeu recompensar quem devolvesse o disco "Clube da Esquina".

Até a dona Maricota, uma vizinha dos meus avós que eu conheci naquele dia, foi chamada para ajudar nas buscas. Aquela senhora falava muito. Falava de todo mundo, dos acontecimentos da cidade, de quem nasceu, de quem morreu, de quem se casou, de quem se separou. E contou sobre um sujeito, nunca visto antes na região, que andava perambulando por todos os cantos.

– Sabe, Lilia, ele é um homem meio estranho. Anda de um lado para o outro e fica ali na praça, cheio de malas. Ele também fica dizendo para todo mundo que vende sonhos. Onde já se viu alguém vender sonhos? – dizia ela, que mais falava do que procurava o disco.

Eu achei bem interessante aquele negócio de vender sonhos.

– Será que ele não tem nada a ver com o sumiço do disco do seu Borges? – dona Maricota suspeitou.

– Afinal, ele é estranho por aqui.

– Maricota, eu não vi ninguém diferente na cidade nos últimos dias – respondeu vovó, que nem prestava muita atenção no que a vizinha dizia, de tão preocupada que estava.

– Tudo está perdido! Tudo está perdido! – gritou vovô, entrando na sala.

Vovó tomou um susto e correu atrás dele:

– Borges, acalme-se! Logo tudo isso se resolve... Além do mais, em breve vamos dar início à organização do baile anual. Você precisa ficar calmo.

– Baile? – perguntou vovô. – Esqueça o baile, Lilia. Para mim o baile está suspenso enquanto eu não encontrar o disco!

Ela ficou surpresa com a decisão dele.

– Não seja injusto, Borges! A cidade fica esperando o ano todo por essa festa.

– Esqueça o baile, Lilia! Já disse!

– Então pense no Daniel, pelo menos. Você acha justo com o nosso neto?

Só sei que fiquei ali ouvindo aquela conversa até o relógio soar seis badaladas. Porque, quando elas chegaram aos meus ouvidos, eu corri.

– Vó, estou saindo! Vou brincar na rua!

– Tome cuidado e não volte muito tarde, hein? – ela disse.

Eu não sabia quanto tempo ia demorar, mas aquele era um compromisso muito importante.

Capítulo 6
O VENDEDOR DE SONHOS

Às seis e meia da tarde eu já estava a postos esperando a Maria e ansioso para saber qual o lugar mais bonito da cidade ao qual ela havia prometido me levar. Quando ela me viu, pediu que eu esperasse mais um pouco. Ainda atrás do balcão, deu uma última limpada em tudo, tirou o avental e soltou os cabelos. Em seguida, fechou o bar e veio na minha direção.

– Pontual você, hein, menino?

– Não foi essa hora que combinamos, ué? – eu disse.

Ela riu e me lembrou:

– Aqui não é "ué". É "uai".

Tomamos um caminho para longe do centro da cidade. Ela foi me contando, aos poucos, a história daquele lugar.

– Aqui onde a gente está pisando tinha um trilho.

– Trilho? Passava trem?

– Sim, era uma ferrovia. Chamava-se Estrada de Ferro Bahia-Minas e ia daqui de Minas até o sul da Bahia. Contam por aí que era um jeito para a gente ver o mar, sabia? Porque Minas Gerais não tem mar.

– Não tem?

– Não tem, não. Sabe por quê? Porque mineiro é sonhador. Não tem o horizonte do mar, mas tem todas as montanhas para olhar para o alto e descobrir o que tem do lado de lá.

E tinha mesmo; havia muitas montanhas ao redor da cidade.

– E a ferrovia não existe mais? – perguntei.

– Ela foi desativada na década de 1960. Mas a estação abandonada ainda está de pé. E esse é o lugar mais bonito da cidade. Está logo ali.

Vi ao longe uma casa bem bonita, iluminada apenas por uma lamparina. Era encantador aquele lugar, mas, mesmo assim, fiquei com um pouco de medo. Sem querer, peguei na mão da Maria. Ela achou graça.

– Não fique com medo, não. Eu sempre venho passear neste lugar. Ontem eu estava voltando daqui quando encontrei você empinando o papagaio.

Quando chegamos à plataforma, ela me puxou pelas mãos e começou a me rodar:

– Sempre que venho aqui tenho vontade de cantar e de dançar. Sabe que tem uma música que conta a história dessa ferrovia?

– Jura, Maria?

– Quer que eu cante?

– Quero, sim!

E ela começou:

Ponta de Areia, ponto-final
Da Bahia – Minas, estrada natural
Que ligava Minas ao porto, ao mar
Caminho de ferro mandaram arrancar
Velho maquinista com seu boné
Lembra o povo alegre que vinha cortejar
Maria-fumaça não canta mais
Para moças, flores, janelas e quintais
Na praça vazia, um grito, um ai
Casas esquecidas, viúvas nos portais

Maria cantou tão bonito que, se ela estivesse em um palco, todo mundo teria aplaudido de pé.

– Obrigada pelas palmas, menino! – agradeceu ela.

Mas aqueles aplausos que ela ouviu, e eu também, não tinham sido meus.

– Maria, não fui eu que bati palmas... – contei a ela, morrendo de medo. – Tem alguém aqui. Vamos embora? Vamos embora!

– Não tenha medo! Vamos ver quem é.

Ouvimos uma voz vindo do fundo da estação:

– Bravo!!! Bravo!!!

Fomos nos aproximando devagar da janela da casa e vimos um sujeito lá dentro, que aplaudia com euforia a música que tinha ouvido. E ainda cantarolava: "Ponta de Areia, ponto-final...".

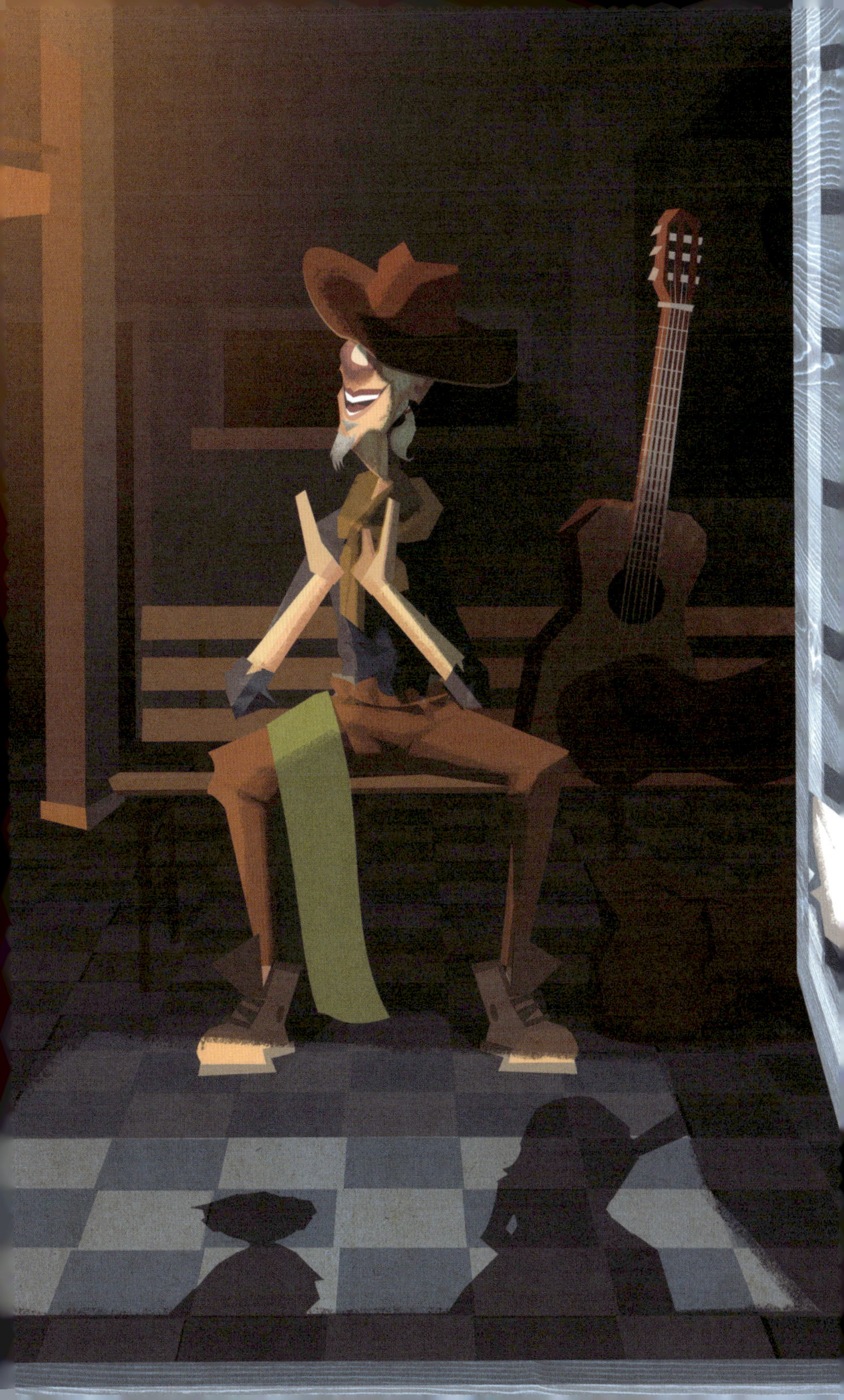

Nunca vi moça tão corajosa quanto a Maria. Não é que ela bateu no vidro da janela para chamar a atenção dele?

O homem se virou e nos reverenciou com mais palmas. Ele não me era estranho...

— Você! Você é o homem do ônibus!

Era ele mesmo. Aquele sujeito diferente, cheio de malas, que estava sentado ao meu lado no ônibus e que tinha ficado com o meu gibi!

Do outro lado da janela, ele me disse:

— Muito prazer de novo, caro garoto. Sou eu mesmo!

— Quem é você? — Maria quis saber.

Então, ele nos chamou para entrar na estação e se apresentou:

— Muito prazer, eu sou um vendedor de sonhos.

— Um vendedor de sonhos? Mas o que faz um vendedor de sonhos? — perguntei.

— Eu fico andando pelo mundo, e meu desejo, a minha missão, é fazer as pessoas felizes. É nos pequenos gestos, nas pequenas ações surpreendentes que uma vida pode mudar por completo. Eu gosto de dar esperança a quem quase não a tem mais. Eu dou alegria às moças tristes, infância aos senhores desacreditados, amor aos desamados. É por isso que eu ando por todos os lugares levando comigo tudo que aprendi, contando as minhas histórias, cantando as minhas canções. Esta é a minha vida.

Nossa! Imagine só, vender sonhos! Então era sobre ele que dona Maricota comentava com a minha avó!

– Você carrega tudo aí nessas malas? – eu quis saber.

– Digamos que sim. E vocês, contem quem são e o que fazem.

– Meu nome é Maria, acabei de fazer 18 anos, e sou daqui mesmo. Estudo para ser professora. Adoro crianças! – ela explicou. – E nas minhas férias ajudo o seu Borges e a dona Lilia lá no Bar da Esquina.

– Eles, por acaso, são meus avós – completei. – Meu nome é Daniel. Eu não sou desta cidade, não. Moro na cidade grande, e esta é a primeira vez que venho sozinho passar as férias aqui no interior. Quando a gente se encontrou lá no ônibus, eu estava vindo para cá.

Só sei que me pareceu que aquele vendedor de sonhos gostava da nossa conversa, de saber quem éramos, e nós dois, Maria e eu, também estávamos gostando daquele papo. Ele parecia ser um sujeito legal. Tanto que eu acabei contando o problemão que estava acontecendo lá na casa do meu avô.

– Você não acredita no que aconteceu lá em casa. Meu avô guarda há anos o disco "Clube da Esquina", músicos de quem ele é fã. O disco é até autografado pelo... pelo...

– Pelo Lô Borges! – Maria me ajudou.
– Ah, sim, o Lô, amigo do Milton.
– Você conhece o Clube da Esquina, Vendedor? – perguntou Maria.
– Lógico, menina!
– Mas uma tragédia aconteceu! – continuei. – O disco dele sumiu, desapareceu de casa durante a noite! Ninguém sabe aonde foi parar, e o meu avô está maluco. Ele está achando que foi roubo!
– Acho que é a coisa mais importante da vida dele, viu? – completou Maria.
– E isso está deixando meu avô muito, mas muito triste. Sem vontade de mais nada. Na hora em que eu estava indo encontrar a Maria para vir para cá, ainda o ouvi dizer que, enquanto não acharem o disco, o baile da cidade está suspenso. E olha que meu avô ama fazer esse baile todos os anos.

Maria foi quem se surpreendeu.

– Não acredito que o seu Borges não vai fazer o baile este ano! Ele estava tão empolgado com a sua presença...

O Vendedor de Sonhos também ficou mexido com o que eu havia acabado de contar. Ficou andando de um lado para o outro, nervoso.

– Não, meninos, não. Isso não pode acontecer!

A gente não entendeu por que ele dizia aquilo. Achei estranho ele se importar tanto com aquele baile.

– A tradição do baile da cidade não deve acabar. Ainda mais este ano. Isso não pode acontecer, não pode acontecer, não pode acontecer!

Maria começou a andar atrás dele, aflita também, fazendo círculos no mesmo lugar.

– E o que podemos fazer? Seu Borges é quem sabe de tudo, como funciona tudo!

– Não sei, Maria, não sei. Só sei que vocês terão de me ajudar. A gente vai ter de fazer esse baile. Sabem por quê?

– Não – Maria e eu respondemos ao mesmo tempo.

– Porque o baile é o acontecimento mais importante para as pessoas aqui da cidade. É quando elas se preparam para ser felizes, ficam na expectativa de viver uma noite maravilhosa, de dançar, de cantar, de amar. Para essas pessoas, o baile anual é o pedaço concretizado do sonho que elas sonham o ano todo. E eu, como vendedor de sonhos, não posso deixar que isso não aconteça.

Então entendemos a razão do nervosismo dele. Ainda o ouvi dizer baixinho, para si mesmo:

– Além do mais, este ano eu tenho uma grande missão!

O Vendedor de Sonhos propôs um pacto: teríamos de fazer o baile acontecer.

– Pode contar comigo! – avisou Maria.
– Comigo também – eu disse. – Faço qualquer coisa para deixar meu avô feliz.
Juntamos as nossas mãos para firmar o acordo.
– Daniel e Maria, tenho mais uma ideia! O que vocês acham de o grande baile ser... – e o Vendedor fez suspense até completar – ... aqui?
Ele soltou as nossas mãos e abriu os braços mostrando a estação:
– Eu adoro este lugar, ele é mágico!
Maria começou a aplaudi-lo:
– É isso mesmo! Vamos fazer um baile diferente, surpreendente!
Eu estava cada vez mais animado com aquela ideia. A nossa festa estava começando.
– Legal, gente, e qual será o nosso próximo passo? – perguntei, ansioso.
O Vendedor de Sonhos voltou a andar de um lado para o outro, pensando. Maria se adiantou e deu as coordenadas:
– Primeiro, precisamos pegar com a dona Lilia a chave do galpão, onde estão guardadas todas as coisas que o seu Borges utiliza no baile. Eu posso me responsabilizar por isso.
– E, se você não se importar, posso separar o material para a festa – ofereceu-se o Vendedor.

– Ótimo! – eu disse.

– Podemos nos encontrar amanhã? – perguntou Maria.

O Vendedor demorou a responder, pensou um pouco e se lembrou:

– Amanhã não posso! Tenho alguns compromissos. Que tal depois de amanhã, logo de manhãzinha? – sugeriu.

– Fechado! Maria, quando você passar lá em casa, a gente vem até a estação entregar a chave a ele – eu disse.

Com tudo combinado, estava na hora de voltar para casa.

– Desculpe, Vendedor, mas acho que já está na nossa hora. Já está tarde – Maria falou.

– É verdade. Minha avó deve estar superpreocupada comigo! – lembrei.

A nossa missão estava começando a ser cumprida. Tinha acabado de conhecer aquele sujeito, mas algo me dizia que poderíamos contar com ele.

* * *

Maria e eu voltávamos pela estrada quando lembrei que havia me esquecido de pedir ao Vendedor de Sonhos o meu gibi de volta. Aquele que eu havia emprestado na viagem.

— Vamos voltar lá, Maria, só para eu pegar com ele. É rapidinho!

— Ai, Daniel, não podemos demorar mais! Então faça o seguinte: vá lá correndo que eu espero você aqui.

Foi o que eu fiz.

O Vendedor de Sonhos tomou um susto quando me viu novamente.

— Não sabia que você voltaria tão cedo! – disse. – Estava aqui pegando o seu gibi. Eu não devolvi...

— Tudo bem, pode ficar com você. Eu tenho outros... – tentei disfarçar, porque percebi que ele estava escondendo alguma coisa. Quanto mais eu me aproximava, mais ele escondia. E eu fui me aproximando, e ele tentando se distanciar. Ele então me disse:

— Daniel, eu tenho um segredo guardado aqui comigo, mas não posso contar agora.

Mais um segredo? Qual seria? Ele completou:

— Só peço uma coisa: confie em mim.

Fiquei um pouco confuso, mas acabei dizendo que sim. Não tinha muita escolha.

Deixei meu gibi com ele e voltei correndo para encontrar a Maria. Agora eu só pensava no que o velho tinha me falado. Aquele pedido ficou martelando na minha cabeça. E aquela história de vendedor de sonhos também. Vendedor de sonhos... vendedor de sonhos...

* * *

Vovô Borges e vovó Lilia estavam muito nervosos quando cheguei em casa. Não era para menos, foi falha minha: não tinha avisado o quanto demoraria para voltar. Realmente já estava tarde. Quando abri a porta, vovó agradeceu à santa para a qual estava rezando e vovô suspirou alto:

— Ufa, ainda bem que ele chegou! Só faltava o meu neto ter desaparecido também.

— Não, vô, aqui estou eu. Desculpe pela demora.

— Quase que você me mata do coração, menino! Agora já posso dormir tranquilo.

Eu fiquei ainda um tempo na sala, com as coisas martelando em minha mente. Vovó, que ainda ajeitava a cozinha, percebeu a minha cara de preocupação:

— Aconteceu alguma coisa, Daniel?

— Vó, a gente precisa muito fazer com que o baile aconteça este ano.

— Ah, meu querido, não sei se conseguiremos — ela suspirou. — Seu avô está muito triste com o desaparecimento desse disco e não está com cabeça para organizar nada.

— Mas, então, vamos ter de fazer isso acontecer sem ele. As pessoas desta cidade não podem ficar sem o baile anual. Você não concorda?

Pelo sorriso dela, ela concordava.

– Daniel, meu querido, eu acho que você tem toda a razão. E digo mais: esse baile precisa acontecer, principalmente, para a felicidade de uma pessoa.

– Do vovô, não é?

– Sim. Pode contar comigo. Eu sei onde seu avô guarda tudo para a organização do baile. Vou chamar umas amigas minhas para nos ajudar com as comidas. Faremos muitas delícias: bolo de fubá, doce de leite, ambrosia...

Que bom que eu tinha uma avó como aquela! Dei um beijo nela e subi para dormir. Quando eu estava subindo, ela ainda perguntou:

– Era só isso que você precisava me contar, querido?

– Era, vó. Só isso.

Deitado na cama, tudo aquilo que havia acontecido na estação, o Vendedor de Sonhos e a missão de organizar o baile rondavam a minha cabeça. Só me restava, para me acalmar, ouvir um pouco de música. Apaguei a luz, peguei o gravador misterioso, tão importante nos últimos acontecimentos, e apertei o *play*. Não acreditei no que ouvi.

Vendedor de sonhos
Tenho a profissão viajante

De caixeiro que traz na bagagem
Repertório de vida e canções
E de esperança
Mais teimoso que uma criança
Eu invado os quartos, as salas
As janelas e os corações

Frases eu invento
Elas voam sem rumo no vento
Procurando lugar e momento
Onde alguém também queira cantá-las

Vendo os meus sonhos
E em troca da fé ambulante
Quero ter no final da viagem
Um caminho de pedra feliz

Tantos anos contando a história
De amor ao lugar que nasci
Tantos anos cantando meu tempo
Minha gente de fé me sorri
Tantos anos de voz nas estradas
Tantos sonhos que eu já vivi

E aquele gravador, outra vez, querendo me dizer alguma coisa.

Capítulo 7
CHALEIRA! CHALEIRA! CHALEIRA!

Na manhã seguinte, quando cheguei ao Bar da Esquina, achei Maria mais bonita e alegre. Ela cantarolava sozinha e feliz, e vovô, que ajeitava as mesas na calçada, falou que a menina estava maluquinha. Eu ri, achando graça de como ela me cumprimentou, rodopiando lá na frente do bar mesmo.

— Nossa, Maria, o que aconteceu para você estar tão feliz assim? — vovó, que chegava comigo, perguntou.

Ela então apontou para um vasinho que estava no balcão.

— A senhora não acredita, dona Lilia — contou. — Cheguei aqui hoje de manhã e encontrei aquelas flores na porta do bar. E um bilhetinho dizendo que eram para mim...

Vovó achou isso engraçado e disse:

— A Maria anda conquistando muitos corações por aí...

Muitos corações? Que história era aquela? Aliás, quem teria mandado as flores para a Maria?

— Vá aprendendo, Daniel. Mulheres adoram receber flores — completou vovó.

– Maria!!!
Ouvi algumas pessoas chamando a minha amiga. Eram quatro crianças que se aproximavam do bar à procura dela. Três meninos e uma menina.

– Está tudo marcado para amanhã de manhã? – perguntou a garotinha.

Maria sorriu e disse que estava tudo confirmado, sim. As crianças comemoraram e cada uma deu um beijo nela. Eu fiquei só olhando.

– Crianças, eu quero que vocês conheçam um amigo meu... – e Maria me chamou para me apresentar ao grupo. – Daniel, estes são Léo, Pablo, Paula e Bebeto.

Foi muito legal, pois até agora eu não tinha conhecido nenhuma criança da cidade. Dei um "oi" geral a todos.

– Eles são meus amigos lá da aula de música. Já contei isso, Daniel?

– Não me contou, não!

– Então você precisa ir comigo ao ensaio amanhã. Eles são alunos aqui da escola municipal, e durante as minhas férias ajudo nas aulas de música de lá.

Aulas de música? Maria me surpreendia a cada dia. Mas no dia seguinte tínhamos outro compromisso:

– Maria, você lembra que amanhã temos de encontrar o Vendedor?

– Sim, Daniel. Fique tranquilo, já pensei em tudo. Aí Pablo me convidou:

– Nós estamos indo brincar na praça. Vamos?

Eu fiquei meio envergonhado, confesso. Olhei para Maria, ela piscou para mim e disse:

– Vá lá! Divirta-se!

* * *

Fui com as crianças brincar na praça da igreja, bem em frente ao Bar da Esquina. Bebeto logo tirou da mochila que estava carregando uma bola de meia. Achei realmente engraçado uma bola feita de meia, nunca tinha visto uma. Perguntou para mim se eu queria jogar futebol. Bom, de verdade, eu não era tão bom assim no futebol, mas valia a brincadeira.

Nós nos dividimos em dois times. Os garotos queriam deixar a Paula como juíza, mas ela tanto fez que acabou ficando no time do Bebeto. Aliás, eu achei que ela gostava dele. Ficavam de chamego um com o outro.

Léo acabou sendo o juiz. Jogamos a tarde toda e brincamos também de bolinha de gude, que lá eles chamavam de birosca. Dividimos a praça em duas partes para brincar de pique-bandeira. Aquela tarde foi divertidíssima.

Quando percebi, estávamos os cinco deitados no chão, mortos de cansaço.

De repente comecei a ouvir um barulho. Parecia ser um monte de latas batendo.

Quando olhei para o lado, Léo estava com os olhos arregalados de medo.

– É ela! – disse, sem se movimentar.

Olhei para o outro lado, os outros também estavam imobilizados e eu não estava entendendo nada.

– Ela quem? – perguntei.

– A Chaleira, Daniel! A velha Chaleira do Alto da Poeira! – respondeu Pablo.

Bebeto tratou de explicar:

– É uma velha doida que anda pela cidade de roupa preta. Ela adora juntar velharias e arrasta um monte de latas. Por isso faz esse barulhão todo. Dizem que ela é uma bruxa!

Aí a Paula, bem corajosa, se levantou.

– Quer saber? Eu não tenho medo dela.

Eu achei que ela queria mesmo era se mostrar para nós, meninos, os "medrosos". Então ela começou a gritar:

Lá vem a Chaleira lá do alto da poeira!

Léo, Pablo e Bebeto riram da atitude dela. Eu, ainda com medo, não sabia se ria ou se ficava quieto. Acabei me levantando com eles e nos juntamos à Paula:

Chaleira, Chaleira, Chaleira!

A velha não gostou nada daquela bagunça. Pegou um monte de pedras no chão e começou a jogar bem na nossa direção. A gente correu, cada um para um lado, e a Chaleira ficou perdidinha.

Chaleira, Chaleira, Chaleira!

– Parem com isso, crianças! – gritou o meu avô, que estava vendo tudo lá do bar. – Deixem essa senhora em paz. O que ela fez para vocês?

A Chaleira olhou para o vovô, mas, mesmo ele querendo ajudá-la, deu as costas e foi embora bufando. Nós levamos uma bronca do vovô.

– Vocês não devem tratar aquela mulher desse jeito!

Ouvimos a bronca direitinho, todos bem quietos, mas que tudo aquilo tinha sido muito divertido, isso tinha. Vovô talvez não tenha achado. Falou para irmos para casa, porque já tínhamos brincado o suficiente naquela tarde e, além do mais, já estava anoitecendo. Eu fui com ele.

* * *

Quando cheguei ao Bar da Esquina, Maria ria disfarçadamente atrás do balcão. Ao chegar perto, ela me disse baixinho, para que o vovô não ouvisse:

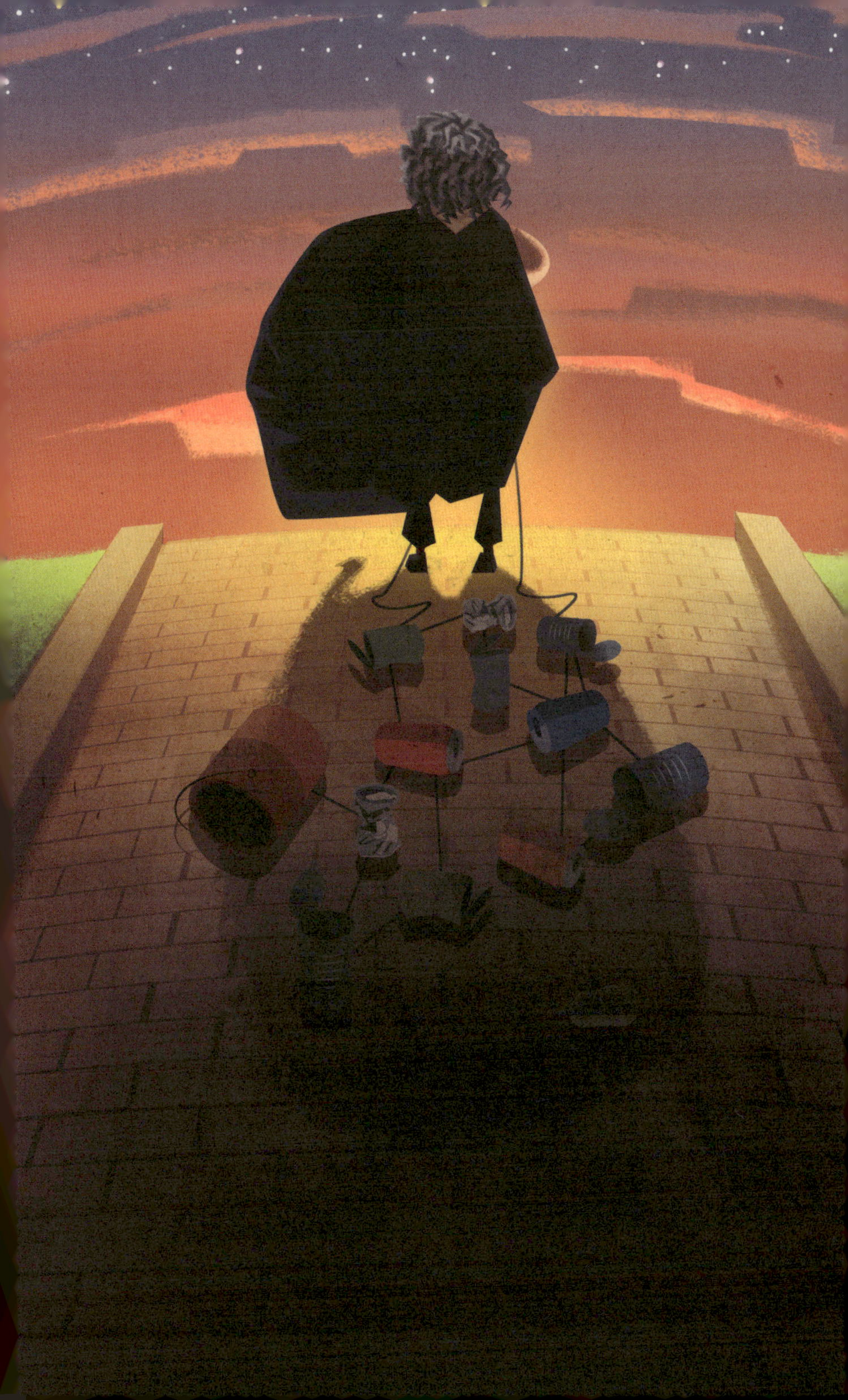

– Achei superengraçada a confusão com a Chaleira!
– Pois é, mas meu avô não gostou nadinha – e completei – Ai, fiquei cansado com essa correria!
– Então vá se sentar lá fora, que eu levo um suco de limão para você – ela me ofereceu.
Naquela hora, ouvi uma música muito bonita. Vovô ficou curioso, pois também gostou do que ouviu. Fomos ver o que era.
Subindo a rua da praça, um grupo de jovens tocava e cantava.
– Olhe, Daniel, são seresteiros! – vovô me explicou. – Não é bonito? Eles cantam para as moças da cidade, para todo mundo, para a noite. Ou para si mesmos.
Os rapazes foram se aproximando do Bar da Esquina. Logo o meu avô ordenou:
– Maria, ajeite uma mesa para estes rapazes aqui fora.
Quando estavam bem em frente ao Bar da Esquina, começaram a tocar uma música linda, que parecia fazer uma homenagem ao lugar. Eles olhavam para o céu e cantavam:

Noite chegou outra vez
De novo na esquina
Os homens estão
Todos se acham mortais

Dividem a noite, lua e até solidão
Neste clube, a gente sozinha se vê
Pela última vez
À espera do dia, naquela calçada
Fugindo de outro lugar

Perto da noite estou
O rumo encontro nas pedras
Encontro de vez
Um grande país eu espero
Espero do fundo da noite chegar
Mas agora eu quero tomar suas mãos
Vou buscá-la aonde for
Venha até a esquina
Você não conhece o futuro
Que eu tenho nas mãos
Agora as portas vão todas se fechar
No claro do dia, o novo encontrarei
E no Curral del-Rei
Janelas se abram ao negro do mundo lunar
Mas eu não me acho perdido
No fundo da noite partiu minha voz
Já é hora do corpo vencer a manhã
Outro dia já vem
E a vida se cansa na esquina
Fugindo, fugindo pra outro lugar

Quando terminaram a canção, vovô, que acompanhava cantando, aplaudiu de felicidade. Pediu que eles entrassem e tocassem dentro do bar. Eles aceitaram na hora e passaram o restante da noite cantando um monte de músicas bonitas. Pediram batidas de limão e se divertiram à beça. E nos divertiram também. Parecia que o meu avô tinha retomado a alegria que não se via nele desde que seu disco havia sumido.

– Nossa, Maria, meu avô voltou a sorrir!

– É que, de alguma maneira, o disco dele voltou.

– Como assim?

– É que todas essas músicas que os moços estão tocando são daquele disco que seu avô perdeu – disse, emendando o canto em um verso da música que cantavam: – *Você pega o trem azul... o sol na cabeça...*

– Essas músicas são muito bonitas. São todas do tal disco "Clube da Esquina"?

– Todas! Eu sou fã desde criança também. Meu pai vivia cantando. Cresci ouvindo essas músicas – ela disse. – O Milton, o Lô, o Beto Guedes... tão lindos... – suspirou.

– Fale mais sobre eles, Maria!

E ela continuou:

– Daniel, meu pai me contou muita coisa daquela época. Eu adorava ouvir as histórias dele. Esse

Clube da Esquina, na verdade, era um grupo de amigos que se juntaram porque amavam cantar e tocar música. Eram assim como essa turma que está aqui no bar.

– Eles tocavam aqui no bar do vovô? Por isso é que se chama Clube da Esquina?

Maria riu muito nessa hora.

– Não, pelo contrário! O bar do seu avô se chama Bar da Esquina por causa deles. O nome do grupo é esse porque eles se encontravam para fazer música em uma esquina em Belo Horizonte. Lá eles fizeram esse monte de músicas que você está ouvindo.

– E que estão no disco perdido?

– Isso mesmo, Daniel. Aquele disco é o "Clube da Esquina" número 1. Era um LP do Milton Nascimento e do Lô Borges, que foi com quem seu avô cantou quando era jovem e que é também o dono do autógrafo do disco sumido.

– Entendi. Que bacana, hein? Mas por que esse disco era o "Clube da Esquina" número 1? Gravaram outros números?

Maria, sabida que só, me explicou tudo:

– Gravaram, sim. Anos depois do lançamento do primeiro, eles fizeram o "Clube da Esquina 2". Era um disco duplo, com outro tantão de músicas bonitas. Até participação especial de gente muito famosa,

como Chico Buarque e Elis Regina, o número 2 tem. Ai, como eu amo a Elis!!!
A história daqueles músicos que meu avô amava era muito legal. E amava mesmo, dava para ver na cara dele, atrás do balcão, cantando alto todas as canções. Depois de horas de música, os jovens cantores anunciaram o fim do show. Vovô estava muito, mas muito feliz. Ele aplaudiu tanto que eu até me impressionei. Beijou cada um no rosto, parabenizou pelo talento e nem cobrou a conta. Bom, eu acho que a conta já estava mais que paga... Muito simpáticos, os cantores se despediram. Seguiram pela rua, na noite, em direção à imensa lua cheia. E ainda disseram, cantando:

Eu já estou com o pé nessa estrada!
Qualquer dia a gente se vê!

* * *

Vovô estava tão alegre naquela noite que não parava de cantar. Vovó, cansada, foi se arrumar para dormir. Eu também. Afinal, eu tinha corrido o dia todo. De banho tomado e pijama vestido, fui dar boa-noite para o meu avô.

Ele estava sozinho na sala, no escuro, em sua cadeira de balanço, e tinha um livro aberto no colo. Fui até ele, dei um beijo e percebi que estava vendo uma

antiga fotografia no meio do livro: eram dois meninos, agachados, na beira de uma estrada.
Ele percebeu que eu fiquei olhando a foto.
– Sabe, Daniel, a noite de hoje me deu muita saudade. Eu me lembrei de um amigo meu, lá da juventude, com quem eu cantava e sonhava com a vida, assim como aqueles meninos que passaram no bar.
– Amigo? – perguntei.
Ele sorriu:
– Qualquer dia eu conto essa história.
Ele me deu um beijo, e eu fui me deitar.
Eu estava tão agitado que não conseguia dormir. Pensei em ver a paisagem bonita da janela do meu quarto outra vez e me surpreendi com o que acontecia lá embaixo: era o grupo de músicos que havia tocado no bar. Estavam na praça, conversando alegres com o Vendedor de Sonhos. Parecia que se conheciam há muito tempo, de outras cantorias.

Será que o Vendedor de Sonhos tinha feito aquilo para deixar o meu avô feliz?

Vi, pouco depois, o velho andando pela praça, fazendo pequenas ações para cada uma das pessoas que moravam por ali. Abriu a mala no centro da praça e tirou vários objetos de dentro dela.

Deixou um bilhete na porta de uma casa rosa.
No vizinho, um livro na caixa de correio.

Uma bola de capotão na casa azul atrás da igreja – que, pelo que me lembrava, parecia ser a casa do Bebeto. Tirou algumas flores de um jardim e as arrumou no vaso vazio da sacada de outra casa. Depois de vê-lo em ação, eu entendi o que era um vendedor de sonhos. Como toda noite, liguei o gravador para ouvir mais uma música:

Que bom, amigo
Poder saber outra vez que estás comigo
Dizer com certeza outra vez a palavra amigo
Se bem que isso nunca deixou de ser

Que bom, amigo
Poder dizer o teu nome a toda hora
A toda gente
Sentir que tu sabes
Que estou pro que der contigo
Se bem que isso nunca deixou de ser

Que bom, amigo
Saber que na minha porta
A qualquer hora
Uma daquelas pessoas que a gente espera
Que chega trazendo a vida
Será você
Sem preocupação

Capítulo 8
ENCONTROS E DESPEDIDAS

Acordei no dia seguinte com alguns barulhos na janela. Pareciam pedradas. Nossa, seria a velha Chaleira? Levantei-me rapidamente e olhei por uma fresta. Era Maria. Lógico, tínhamos um combinado para aquela manhã.

— Daniel! Daniel! Acorda! Vamos! Temos um baile para organizar. Está chegando o dia! Vá se arrumando que eu já vou adiantar alguns detalhes com a sua avó.

Nunca me arrumei tão rápido! Vesti a primeira roupa que vi pela frente, peguei meu gravador, acomodei meu papagaio na mochila para o caso de eu me perder — sempre me lembrava da dica do meu avô. Quando desci, Maria e vovó já estavam na sala.

— Daniel, hoje dei folga para a Maria lá no bar para que vocês consigam adiantar tudo. Vou despistar o seu avô — falou baixinho, e continuou: — Acabei de entregar a ela a chave do galpão onde ficam guardadas todas as estruturas do baile: palco, iluminação… Depois, precisamos ver como levaremos tudo para a praça, onde o baile sempre acontece.

— Dona Lilia, este ano pensamos em fazer o baile em outro lugar. Pensamos na estação de trem desativada.

— Como assim? Por quê? — vovó estranhou.
— Só assim conseguiremos fazer uma grande surpresa para o seu Borges, não é mesmo?
— Você tem razão. Menina esperta! Vai ficar lindo! Mas vamos andando, precisamos correr com isso.

Antes do ensaio com as crianças na aula de música, passamos na estação para encontrar o Vendedor, como estava combinado.

— Como vocês são pontuais, meus amigos! — disse ele, na porta, carregando suas malas.

— Vendedor, aqui está a chave — disse Maria, entregando-a a ele.

— Ótimo! — ele respondeu. — Vamos?

— Não podemos, Vendedor — eu expliquei. — A Maria tem de dar aula de música para as crianças, e eu vou junto. Você pode ir adiantando tudo, e logo aparecemos por lá.

— Isso não é problema. Como chego até o galpão?

Maria tinha pensado em tudo: havia feito um mapa.

— Agora está fácil! — disse o velho. — Depois quero conhecer essa criançada toda de que falaram!

Assim, cada um seguiu seu caminho: ele para o galpão, e nós para o pátio do colégio.

Enquanto caminhávamos, Maria ficou pensativa, até que falou para si mesma:

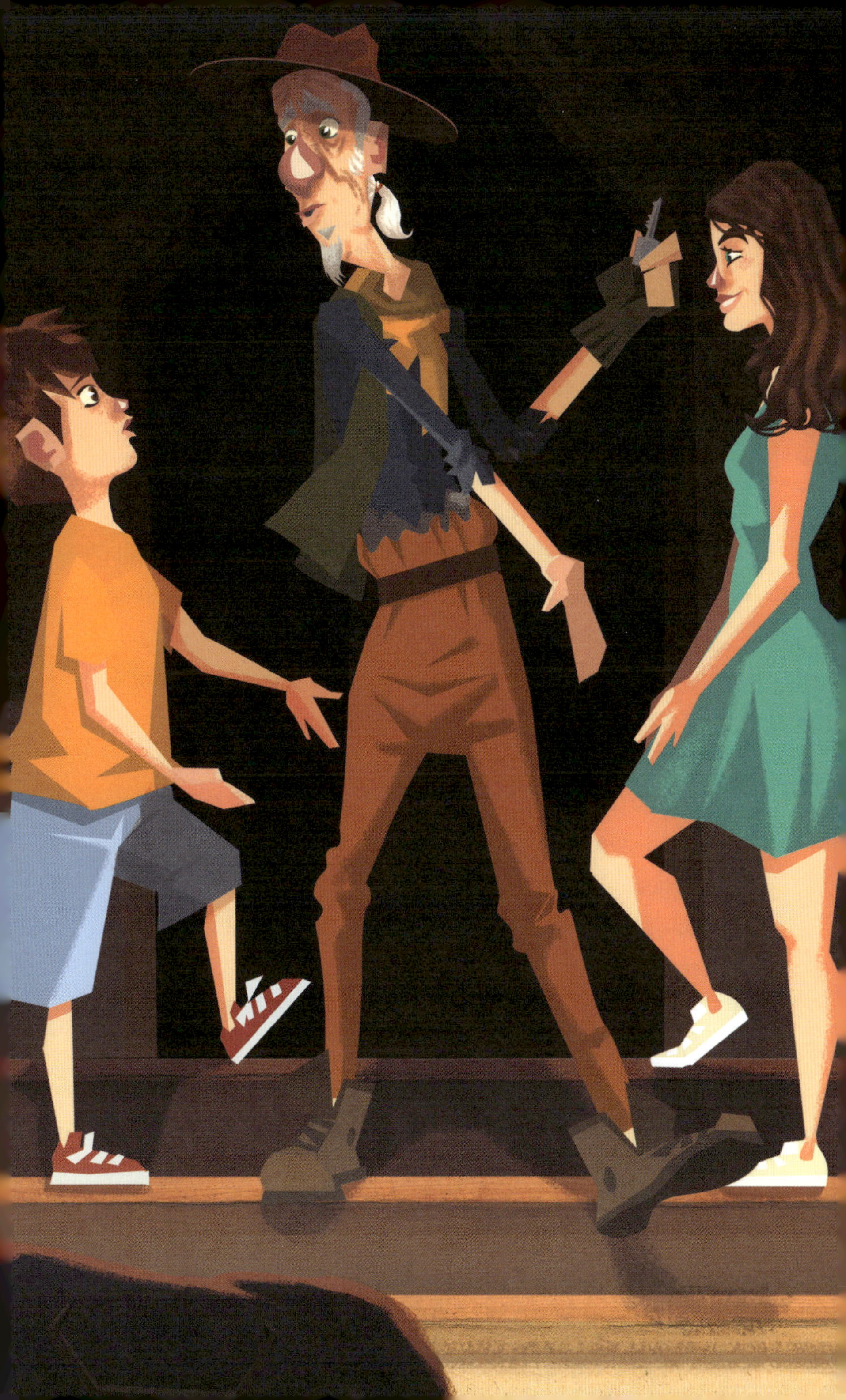

— Será que fizemos o certo ao entregar a chave do galpão a um homem que acabamos de conhecer? Lá tem tenta coisa importante...

Eu entendia a preocupação dela, mas algo me dizia que o Vendedor de Sonhos era fundamental para que o baile acontecesse naquele ano.

— Vai dar tudo certo! — foi o que eu respondi.

No colégio, um grupo de crianças esperava Maria. Eram umas vinte, e entre elas estavam Léo, Pablo, Bebeto e Paula, os amigos que eu tinha feito no dia anterior. Todos preparados para começar o ensaio, cada um com uma lata diferente nas mãos.

— Daniel, você acredita que aqui a gente faz música com as latas? Somos um grupo de percussão, mas nossos tambores são as latas — Maria me explicou.

Que divertida aquela ideia! Ela começou a dar o ritmo para a garotada, que seguia com perfeição o embalo da música. Que som saía daquelas latas! Das maiores, sons mais graves. Das pequeninas, os agudos. Havia uma lata sobrando, e eu a peguei para tentar batucar.

E saí batucando um monte de músicas. Todas as crianças se divertiram, e eu também. Achei que tinha jeito para a coisa, e a Maria veio até conversar comigo:

— Daniel, você me surpreendeu. Não sabia que você tocava tão bem. É o gosto pela música... Deve estar no seu sangue.

Eu achei tão bonito aquilo...

Então, quando ia se despedir do grupo, Maria teve uma ideia.

– Eu estava olhando vocês agora e me veio uma coisa na cabeça. Vocês topariam fazer uma apresentação?

As crianças ficaram todas animadas. E eu também fiquei curioso para saber a proposta dela.

– Por que a gente não ensaia para tocar no baile? Todos gostaram da proposta.

– Então fica combinado mais um ensaio amanhã?

– perguntou a professorinha.

Fechado! No dia seguinte todo mundo estaria lá.

* * *

A primeira parte da missão daquele dia estava cumprida. Maria e eu precisávamos nos encontrar com o Vendedor de Sonhos no galpão para ajudá-lo. Andamos bastante, passamos por cafezais e laranjais, e Maria me contou que havia muitos deles pela região. Logo apontou, adiante, o galpão.

Chegamos e a porta estava aberta. Aquele lugar guardava muita coisa: móveis antigos, retratos para pôr na parede, objetos de todos os tipos e a tal estrutura para montar o baile. Eram blocos de madeira, tapumes, luzes. Chamamos pelo Vendedor e ele surgiu, cabisbaixo, de trás de um dos biombos. Estranhei seu jeito.

– O que houve? – perguntei.

– Aconteceu uma coisa muito séria – ele falou.

– O que foi? Diga logo, Vendedor! – pediu Maria.

– Eu preciso dizer uma coisa a vocês...

Eu achei que fosse o tal segredo que ele não tinha me contado na estação. Maria estava superatenta e ele continuou:

– Quem pegou o LP do seu Borges fui eu.

– Nossa! – eu disse.

– Você? – Maria se surpreendeu.

– Mas por quê? – perguntamos juntos, chocados.

– Então o disco está com você?! – perguntou Maria.

– Por que você fez isso, Vendedor? – completei.

Ele ficou um tempo em silêncio.

– Estava. Estava comigo – respondeu.

– Como assim, "estava"? – Maria gritou. – Por quê? Agora não está mais?

Eu não estava entendendo mais nada: o grande segredo do Vendedor de Sonhos tinha a ver com o sumiço do disco do meu avô. Seria ele um ladrão? Ele esperou que nos acalmássemos e, antes de contar tudo o que havia acontecido naquele galpão, voltou a me olhar como tinha feito naquela noite na estação. E pediu outra vez:

– Confie em mim, Daniel. – então olhou para Maria. – Você também, querida. Lembrem-se: eu sou apenas um vendedor de sonhos.

Aí, então, ele nos contou o que havia acontecido:

– Eu estava com o disco em uma das minhas malas. Não quis deixar a mala na estação, então vim para cá com ela. Quando cheguei aqui, deixei-a no canto para abrir o imenso portão do galpão. Fiquei encantado com este lugar, entrei aqui boquiaberto e deixei a mala lá fora. Então ouvi um barulho de latas. Achei estranho, mas não me preocupei. Quando saí, a mala não estava mais lá.

– A Chaleira! – eu disse.

– Quem? – perguntou o Vendedor.

– A Chaleira, a mulher das velharias – explicou Maria. – Ela anda por toda a cidade catando sucata, coisas velhas.

O Vendedor rapidamente concluiu:

– Então foi isso: a minha mala é realmente muito velha, está feia. Acho que ela deve ter pensado que podia pegá-la. Afinal, a mala estava largada no meio da estrada. Só que o disco estava dentro...

Não podia ser. O disco desaparecido havia sumido outra vez!

– Precisamos achar a Chaleira, e imediatamente! – eu disse.

Saímos de lá à caça daquela mulher. Nós nos separamos. Eu fui com a Maria para a cidade, e o Vendedor chegou a ir até o alto da montanha, onde diziam que ela vivia. Ninguém voltou com notícias da velha.

Capítulo 9
O SUSPEITO

No dia seguinte acordei bem cedo. Descobri isso porque, quando abri os olhos, o galo cantou. Apesar de eu sempre ter querido ouvir o galo cantar pela manhã, ainda não tinha passado por aquela experiência, porque férias eram feitas para descansar de verdade. Mal sabia eu que chegaria um momento em que o que eu menos faria seria ficar parado descansando.

Desci correndo para a cozinha. A mesa estava posta, e vovó preparava no fogão alguma coisa que cheirava bem.

– Bom dia, Daniel! – disse ela, e tratou de me mostrar. – Estes aqui são alguns doces que eu já estou fazendo para a nossa grande festa – e levantou uma toalhinha que os cobria na bandeja.

– Esconde isso antes que o vovô veja! – brinquei.

Foi naquele exato momento que ele entrou pela cozinha, eufórico e ofegante. Nós nos assustamos:

– O que aconteceu, Borges? – perguntou a vovó, tentando esconder os doces.

– Acabei de receber uma notícia muito importante: a dona Maricota me disse que viu o meu LP!

– Viu seu disco onde? – eu quis saber.

— Ela me contou que estava fazendo sua caminhada matinal na praça quando viu uma mala velha aberta: lá dentro, ela disse com todas as letras que estava o LP "Clube da Esquina" autografado. Aí correu até o Bar da Esquina para me avisar e, quando voltamos ao local, nem mala nem disco estavam mais lá.

— Quem será que fez isso? Quem será que está com o seu disco, Borges? — vovó questionou.

— Seja quem for, estou decidido a encontrá-lo. Agora a gente vai pôr todo mundo atrás dessa mala. Se for preciso, até a polícia.

Ele continuou inquieto. Andava de um lado para o outro na sala, até que se lembrou de mais um detalhe:

— Uai, eu já sei que tem um viajante cheio de malas andando pela cidade. Nada mais suspeito. Eu vou atrás dele!

Agora a coisa tinha ficado perigosa. Eu não podia contar nada do que sabia para o vovô.

E o Vendedor de Sonhos corria perigo.

* * *

Encontrei Maria na praça naquela manhã para seguirmos juntos para o pátio do colégio, onde aconteceria o segundo dia de ensaio. No caminho, Maria percebeu que eu estava preocupado. Contei o que havia acontecido lá em casa e ela também ficou preocupada. Precisávamos avisar o Vendedor de Sonhos o quanto antes.

Quando chegamos ao colégio, começamos a ouvir uma música:

Há um menino, há um moleque...
morando sempre no meu coração...

Um grupo de crianças formava uma roda. Todos estavam atentos a algo, olhando na mesma direção.

Há um passado no meu presente...

Mais perto, percebemos que estavam entretidas com um sujeito que tocava violão e cantava.

Um sol bem quente lá no meu quintal...

Conseguimos dar uma olhada por entre as crianças e tivemos uma surpresa:
– Vendedor de Sonhos!
Era ele fazendo a festa da criançada. Não sabia que o Vendedor era músico e que cantava tão bem. Devia ter desconfiado. Afinal, ele andava de um lado para o outro carregando um violão. As crianças se divertiam e cantavam aquela canção:

Há um menino
Há um moleque
Morando sempre no meu coração
Toda vez que o adulto balança
Ele vem pra me dar a mão

Há um passado no meu presente
Um sol bem quente lá no meu quintal
Toda vez que a bruxa me assombra
O menino me dá a mão

E me fala de coisas bonitas
Que eu acredito
Que não deixarão de existir
Amizade, palavra, respeito
Caráter, bondade, alegria e amor
Pois não posso
Não devo
Não quero
Viver como toda essa gente
Insiste em viver
E não posso aceitar sossegado
Qualquer sacanagem ser coisa normal

Bola de meia, bola de gude
O solidário não quer solidão
Toda vez que a tristeza me alcança

O menino me dá a mão
Há um menino
Há um moleque
Morando sempre no meu coração
Toda vez que o adulto fraqueja
Ele vem pra me dar a mão

Maria havia ficado encantada com aquela cena e logo sugeriu:

– Isso dá um espetáculo! Vendedor, você pode ser a nossa grande estrela na noite do baile e cantar com as crianças!

O Vendedor ficou surpreso, pensou um pouco, mas logo se empolgou:

– Eu topo!

* * *

O ensaio daquela manhã foi o máximo. Todas as crianças, inclusive eu, ficaram posicionadas ao redor do Vendedor de Sonhos com o violão, cada uma com sua lata para batucar e fazer som.

Maria, lá na frente, como uma maestrina, coordenava e organizava todo mundo para que saísse a melhor música de todas.

Era um baticum gostoso, a gente se balançando e dançando... O Vendedor, uma hora, até se levantou e fez pose de astro de rock.

Maria estava dançando e rodopiando quando percebeu, com sua audição apuradíssima, algo estranho na música:

— Ei, tem alguém fora do ritmo!

Olhou para as crianças, tentando achar o causador do ruído com as latas, mas nada encontrou. Todos estavam certinhos no ritmo. Ela deixou para lá, mas logo se incomodou outra vez:

— Tem alguém que está atravessando os outros!

Até que Pablo, lá no fundo, gritou:

— Gente, olha a Chaleira!

Foi uma confusão só. Gente correndo para todos os lados, as crianças assustadas. Uns até gritavam: "Chaleira! Chaleira! Chaleira!".

Nisso, a Chaleira se assustou também e saiu correndo, fazendo aquele barulhão com as suas latas — era ela que estava fora do ritmo.

Eu ainda a vi correndo ao longe e disse à Maria:

— Olhe, ela está com a mala!

— Acho que ela veio atrás das nossas latas! — Paula gritou.

O Vendedor de Sonhos e Maria tentavam restabelecer a ordem entre nós.

— Gente, a Chaleira foi atraída pelo nosso som! — percebeu Maria.

— Eu tive uma ideia! — falei. — E se nós chamássemos a atenção dela com as latas?

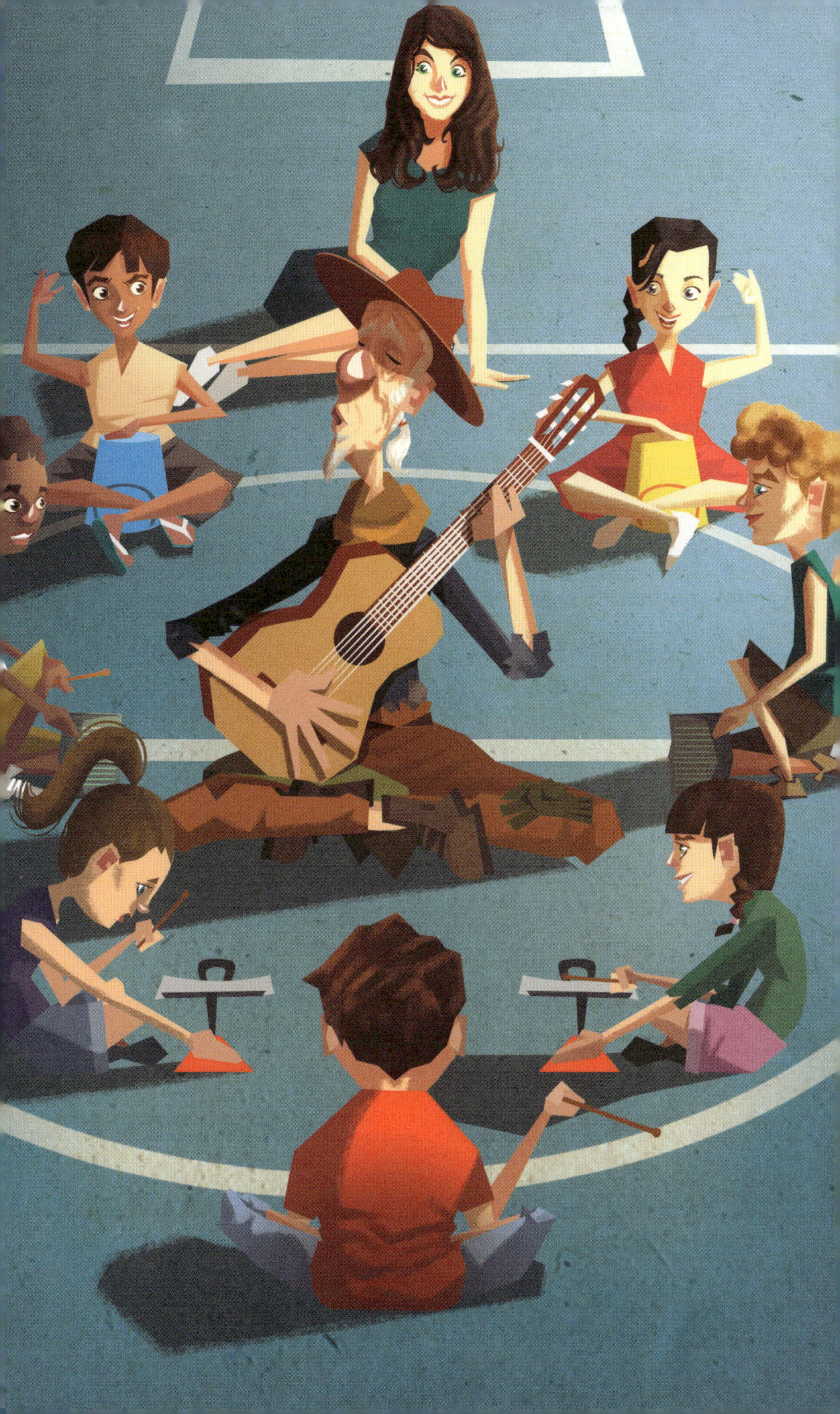

– Ótimo, Daniel! Podemos fazer isso no ensaio final, lá na estação, o que acha?

O Vendedor de Sonhos, que ouvia a nossa conversa, apoiou o plano, mas se lembrou de um detalhe:

– Não podemos tirar a mala dela sem dar algo em troca. Esses objetos que ela carrega, sucata e velharias, são seus grandes companheiros. A gente pode não dar valor a essas coisas, mas para ela é como se fossem pedacinhos de um sonho.

– Então, o que podemos fazer, Vendedor? – perguntei.

– Vamos trocar a mala dela, mas fazendo-a feliz – concluiu.

Capítulo 10
NOS BAILES DA VIDA

A data do baile estava chegando e precisávamos avisar a todos que haveria, sim, o evento naquele ano. Maria deu a ideia de pedir ao tio dela, que era locutor da rádio, que anunciasse o acontecimento à população.

Fomos nós três, a Maria, o Vendedor e eu, ao encontro dele, que nos recebeu superbem e ficou surpreso com a notícia de que o baile seria realizado. Prometeu que anunciaria para todos naquele dia mesmo e que ainda poria no ar uma homenagem ao baile depois da notícia.

Então o Vendedor de Sonhos teve uma ideia e pediu ao tio de Maria que ainda não revelasse uma informação: o local.

Seria outra surpresa para todo mundo. Isso porque, até então, ninguém havia visto movimentação nenhuma na região da praça, no coreto, onde o baile sempre acontecia.

Completada essa etapa, deveríamos continuar a produção. O Vendedor de Sonhos prometeu dar uma ajeitada na estação naquela noite. Maria e eu voltaríamos para casa, para ajudar a vovó com as comidas.

* * *

Quando chegamos, vovô estava discutindo com a vovó. Ele queria saber o motivo de tantos doces preparados.

– Sabe o que ela me disse, Daniel? – ele olhou para mim. – Que é tudo para você!

– Eu não posso querer agradar meu neto preferido? – argumentou ela.

– Eu já falei que assim você vai acabar passando mal! – ele bufou e foi saindo da cozinha. – Você não está me escondendo nada, não é, Lilia?

Maria e eu nos divertimos com aquela cena. Vovô estava bravo e desconfiado.

– Desculpe, Lilia – disse ele. – Acho que ainda estou bem chateado porque o meu LP não apareceu e o baile, o meu lindo baile, não vai acontecer este ano.

Aí o vovô ligou o rádio e veio na minha direção. Ele me abraçou e desabafou:

– Desculpe, Daniel. Eu queria que este ano o baile fosse o mais bonito da história porque você estaria aqui comigo. Mas deu tudo errado. É uma pena.

"Atenção, ouvintes amigos!", disse o locutor no rádio. "Venho aqui, em primeira mão, anunciar o que todos na cidade esperavam! O nosso baile anual acontecerá no próximo sábado, a partir das sete da

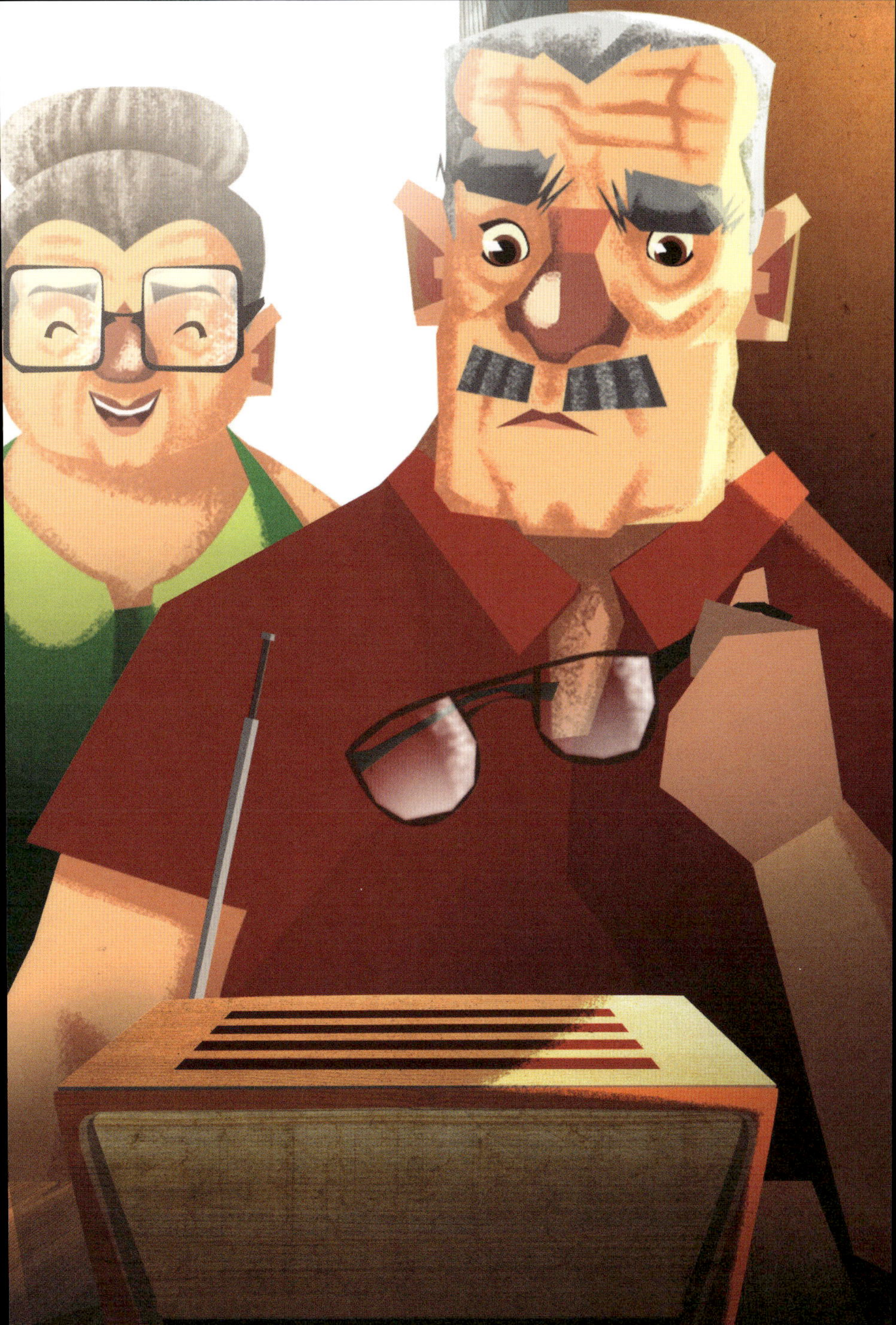

noite. O lugar? Aguardem mais informações! Por enquanto, fiquem com esta música, que é uma homenagem à nossa festa!" E todos nós ouvimos:

Foi nos bailes da vida ou num bar
Em troca de pão
Que muita gente boa pôs o pé na profissão
De tocar um instrumento e de cantar
Não importando se quem pagou quis ouvir
Foi assim

Cantar era buscar o caminho
Que vai dar no sol
Tenho comigo as lembranças do que eu era
Para cantar nada era longe tudo tão bom
Até a estrada de terra na boleia de caminhão
Era assim

Com a roupa encharcada e a alma
Repleta de chão
Todo artista tem de ir aonde o povo está
Se for assim, assim será
Cantando me disfarço e não me canso
de viver nem de cantar

Vovô escutou a música e ficou sem reação.
– Como estão fazendo o baile sem mim?

Eu olhei para a Maria, sorrindo, cheio de orgulho. Ela, na mesma cumplicidade, correspondeu.

E a vovó, para alegrar um pouco a situação, pegou o vovô pela cintura e tentou fazê-lo dançar.

– Para mim o baile já começou, Borges! Já começou!

Capítulo 11
APLAUSOS!

Todas as crianças chegaram, como combinado, na hora certinha para que começássemos o ensaio da estação. Aquele encontro era muito importante. Além de ser o ensaio final, teríamos uma missão e tanto.

Cada uma trouxe sua lata e, da mesma maneira que foi pensado no dia anterior, nós nos posicionamos e ficamos esperando o Vendedor de Sonhos. Ele ainda estava se aprontando.

Maria e eu estávamos atentos a qualquer movimentação estranha. Se a Chaleira aparecesse, não poderíamos perdê-la de jeito nenhum. Era necessário recuperar o disco "Clube da Esquina" com urgência, afinal, o baile era no dia seguinte.

O Vendedor de Sonhos chegou com uma mala e me chamou:

— Caso ela apareça, troque a mala dela por esta.

Quando ele me entregou, quase caí para trás com tanto peso.

— Nossa, o que tem aqui dentro, Vendedor? — eu me assustei.

— O que ela mais ama na vida: latas, sucata e velharias...

O Vendedor pegou seu violão, assumiu seu lugar no meio das crianças e todos nos preparamos para batucar. Maria tomou a frente.

Baticum para cá, baticum para lá. A gente dançava em um ritmo gostoso. Todo mundo se movimentando, e o violeiro tocando, tocando... Foi um pré--baile, ali mesmo, para esquentar o chão da estação.

De repente, todos perceberam que alguém, com barulho de latas, atravessava o compasso da música. A Chaleira já deveria estar por perto.

Logo a vimos se aproximar com toda a calma, segurando a mala. Ela estava encantada. Olhava para nós e para as nossas latas que brilhavam debaixo do sol.

Maria continuou regendo. Saí da minha posição e fui para trás da velha, sem que ela percebesse. Tinha comigo a mala preparada pelo Vendedor.

Quando terminamos a primeira música, ela havia soltado as latas e a tal mala no chão. Uns pensaram que ela atiraria pedras e já estavam se preparando para fugir dali.

Ela simplesmente aplaudiu.

Sim, aplaudiu. E muito.

Nesse momento eu consegui trocar as malas. Deixei aquela cheia de sucata, igualzinha à outra, para ela. E saí correndo com a que estava com o disco do vovô.

Todos ficaram sem reação diante de tantos aplausos.

Alguns descobriram que ela não era tão má ou tão bruxa como diziam. Outros até agradeceram.

Maria sorriu ternamente.

O Vendedor olhou, certo de sua ação.

O aplauso da Chaleira pareceu infinito. E sincero.

Quando ela percebeu que a música tinha realmente terminado, pegou do chão a mala trocada e seguiu pela estrada, sob o barulho das suas latas, ainda sem saber da felicidade que teria ao encontrar o presente que estava lá dentro. Depois me contaram que ela nunca mais foi vista naquela cidade.

Naquele dia, o Vendedor apenas nos disse:

– Eu vendo sonhos. Ela procura. Essa é a diferença.

* * *

Com a mala em mãos, a primeira coisa que fizemos foi conferir se o disco sumido estava realmente lá. Abrimos com pressa e demos de cara com aqueles dois meninos na capa: era o LP "Clube da Esquina" autografado pelo Lô Borges.

Dei um abração de felicidade no Vendedor, e era possível ver o alívio e o brilho nos olhos dele.

– Agora é só cumprir a missão – ele disse.

Naquele momento eu me lembrei do que o meu avô tinha dito:

– Eu estou preocupado, meu amigo – eu disse. – Todos estão atrás do dono de uma mala igualzinha à sua,

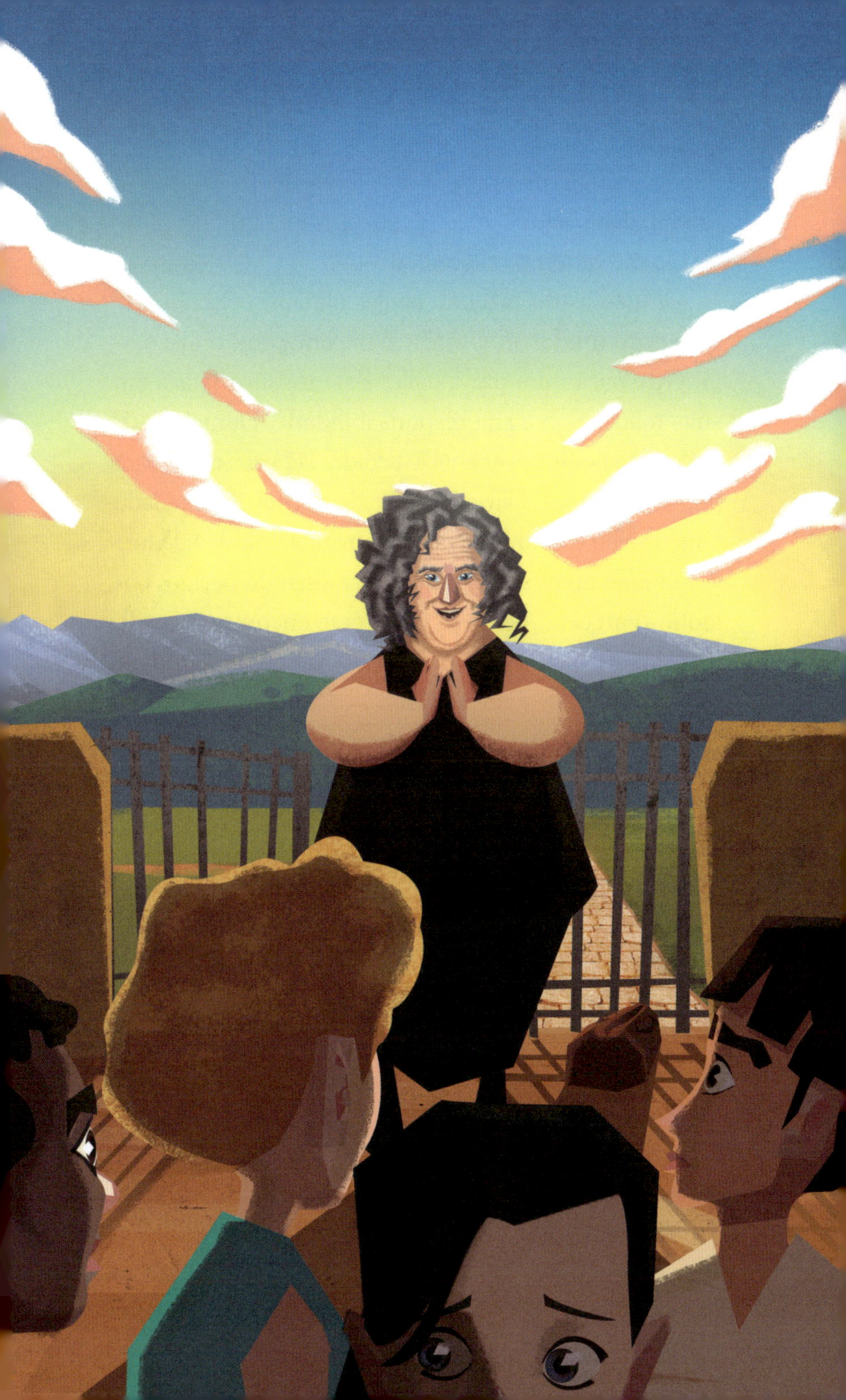

que foi vista lá na praça com o disco dentro. Agora, o principal suspeito é você. Você corre perigo!

Ele me olhou e respondeu:

— Eu só estou fazendo bem a alguém... Sendo assim, peço um favor a você — e me entregou o disco. — Guarde para mim até o baile. Este tesouro ficará em suas mãos. Sob a sua responsabilidade, Daniel.

Eu não podia negar aquele pedido. Peguei o disco para pôr na minha mochila e tive uma ideia. Tirei com cuidado o meu velho e bom papagaio e entreguei-o ao Vendedor:

— Fique com isso e, a qualquer sinal de perigo, coloque-o no céu. Assim eu poderei te encontrar — pedi, lembrando-me da dica do vovô. — Você sabe empinar papagaio?

— Sei, sim. Sei muito bem!

Ele sorriu. Maria achou linda aquela cena.

As crianças começaram a batucar.

E ele me deu um abraço. Forte, bem forte.

* * *

Naquele fim de tarde, todas as crianças que estavam na estação nos ajudaram a organizar o baile. Todas muito felizes, muito empolgadas por serem as grandes responsáveis pela festa daquele ano. Formamos um mutirão de meninos e meninas, colocamos cada criança em um lugar e mãos à obra! Foi lindo ver tudo se erguer. Algumas cortavam as bandeirinhas. Depois de prontas, o Vendedor de Sonhos subia no poste para pendurá-las. Outras organizavam os enfeites, e eu estava, com Bebeto e Léo, montando o palco. Pablo cuidava da iluminação junto com a Maria. Como ia ficando bonito tudo aquilo! A lua cheia começava a iluminar o céu, e as estrelas apontavam lá em cima. O cheiro de jasmim tomou conta do ar e tudo ficou perfumado. Cada um que estava ali era importante.

O Vendedor de Sonhos olhou tudo aquilo emocionado. Eu também. Quando me aproximei dele, escutei-o falando sozinho:

– *Quero ser amizade, quero amor, prazer, quero nossa cidade sempre ensolarada. Os meninos e o povo no poder, eu quero ver.* – ele ainda completou – As crianças podem, sim, mudar muita coisa. Tudo, qualquer sonho, pode se realizar se olharmos sempre com o olhar de menino.

Quando viu tudo pronto, chamou as crianças para o canto onde estava. Todas correram para lá e viram que bonito havia ficado. Em meio ao silêncio, ele começou a aplaudir. As palmas foram aumentando. Naquela noite, acho que até as cidades vizinhas ouviram os nossos aplausos.

Capítulo 12
PÓ, POEIRA, VENTANIA

— O baile será na estação! Acabaram de falar na rádio! Vai ser lá!

Essa foi a primeira coisa que ouvi quando saí à rua no dia tão esperado. No dia anterior, antes de voltarmos para casa, Maria e eu tínhamos pedido que, bem de manhãzinha, o tio dela, o locutor da rádio, já anunciasse que a festa seria realizada na antiga estação de trem.

— O baile será na estação! O baile será na estação! Na estação!

Foi um burburinho geral. O comentário seguiu por todos os cantos da cidade. Desde cedo, todos começaram a se aprontar para o evento. Vovô ficou impressionado com a novidade, e ainda não estava entendendo como o baile tinha sido organizado sem ele. Vovó tratou de chamar um carroceiro conhecido para transportar os doces para o local, sem que o vovô percebesse.

Lá, o Vendedor de Sonhos dava os últimos retoques. Todos estavam ansiosos. Eu também. Aquela seria a grande noite das minhas férias.

***

As primeiras pessoas já estavam chegando aos arredores da estação. Acho que há muito tempo ninguém via aquele lugar tão bonito. Todos, desde as crianças até os mais velhos, estavam bem-vestidos, cheirando a perfume gostoso, como se aquele baile fosse o evento mais importante da vida deles. Era a maior alegria da cidade: amigos se encontrariam, casais se apaixonariam, senhoras trocariam fofocas e todos dançariam alegremente durante a noite inteira, sem pressa para ir embora.

Maria olhava para tudo aquilo – para as bandeirinhas penduradas, para as barraquinhas de comida que vovó tratou de organizar, para os enfeites, para o palco – com brilho nos olhos! E eu, de verdade, estava orgulhoso de ter sido um dos organizadores do baile do ano em que passei as férias na casa dos meus avós!

Vovô, até aquele momento, não tinha dado o braço a torcer completamente para o fato de o baile estar acontecendo sem a participação dele. Mesmo assim, no fundo, no fundo eu sabia que ele viria, olharia com muita alegria para tudo aquilo e então passaria a noite toda como um menino da minha idade, dançando e pulando.

Estava tudo preparado para acendermos as luzes. Aquela estação ficaria iluminada outra vez!

Quando já começava a escurecer, percebi que Maria estava um pouco nervosa. Ela andava de um lado para o outro procurando alguém. E eu sabia que era o Vendedor de Sonhos, que até aquela hora não tinha aparecido.

O tempo foi passando e eu também fui ficando nervoso. Será que tinha acontecido alguma coisa? E se ele estivesse em apuros, será que se lembraria de me dar o aviso?

Então eu vi vovô e vovó chegarem no jipe Manoel. Não é que a vovó havia mesmo convencido o durão do seu Borges a ir até o baile? Danada ela! Vovô desceu do automóvel assim, meio sem jeito, como se naquele ano não fosse o dono do baile. Lógico que era. Acho que, no fundo, todos nós fizemos a festa também para ele ficar mais feliz.

Seus olhos brilhavam, conferindo cada detalhe. Ao seu lado, vovó dizia:

– Viu que lindo eles fizeram?

Então ele veio na minha direção. Não disse nada, mas me deu um abraço tão forte que queria dizer muita, muita coisa. Passou por Maria e lhe deu um beijo na testa:

– Parabéns, querida!

Ela tratou de avisar:

– Veja se aguenta, seu Borges, isso é só o começo!

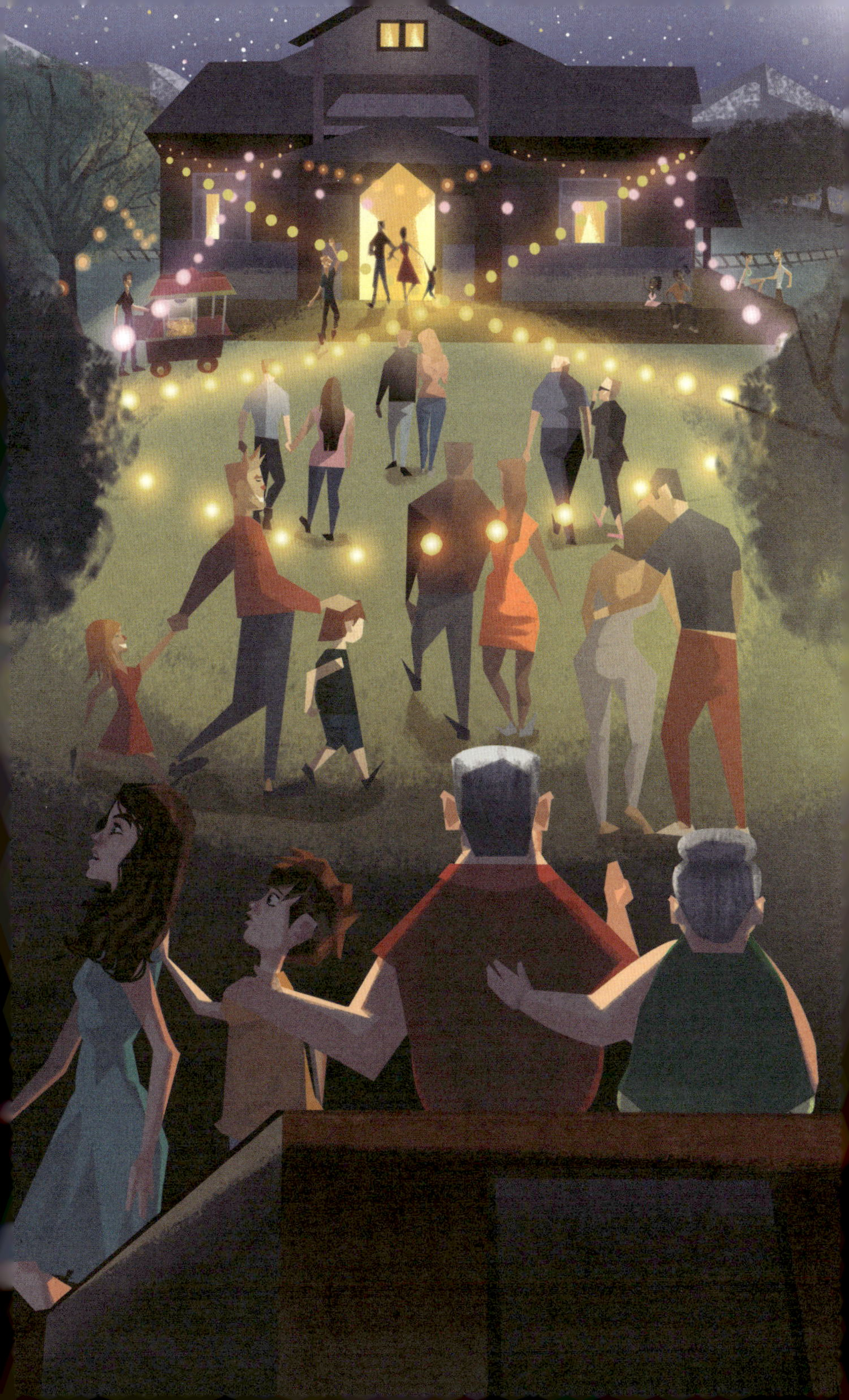

Naquele céu alaranjado, as estrelas começaram a aparecer, o que indicava também que logo a música tomaria conta da estação. A lua cheiinha, toda especial, também pedia espaço lá no alto. E o papagaio... Opa! O papagaio!

— Maria, olhe! — chamei a sua atenção, apontando para o alto. — O papagaio está no céu. O Vendedor de Sonhos está em perigo. É o sinal combinado!

Maria ficou aflita, não sabia muito bem o que fazer. Falei que era preciso salvá-lo. Imediatamente.

Vovô e vovó não sabiam o que estava acontecendo, então não entenderam aquela agitação. Maria teve uma ideia e logo falou:

— Seu Borges, pode me emprestar o Manoel? É importante!

Ele, no primeiro momento, ficou meio ressabiado. Então eu pedi, reforçando a ideia:

— Vô, precisamos muito que você nos empreste o jipe. Se não pudermos usar o Manoel, faltará algo fundamental neste baile.

Vovó percebeu que deveria ser algo importante mesmo, pela nossa cara de preocupação, e disse ao vovô para liberar o carro.

— Tenham cuidado com o meu fiel companheiro — ele alertou, entregando a chave a Maria.

Para tranquilizá-lo, ela mostrou sua carteira de motorista.

– Seu Borges, acabei de tirar a carteira. Lembra que já fiz 18 anos?

Então saímos correndo, mas o deixei avisado:

– Vô, enquanto estivermos fora, este baile é seu! Cuide dele para todos nós!

Ele sorriu e nos acenou. Maria já estava preparada para arrancar na direção em que o papagaio apontava no céu.

* * *

Nunca imaginei que Maria pudesse dirigir aquele jipe com tanta segurança. Ficou firme e forte do começo ao fim do nosso longo trajeto, até encontrarmos nosso velho e bom amigo Vendedor de Sonhos.

Saímos da estação, passamos pelas ruas da cidade, até cairmos em uma estradinha de terra. A cada acelerada do carro, deixávamos uma imensa nuvem de poeira para trás. Eu, no banco do passageiro, ficava apontando a direção para onde o papagaio seguia. E ele corria.

Mesmo assim, éramos rápidos a bordo de Manoel, o Audaz. De repente, estávamos diante de uma viatura da polícia. Naquele momento tive bastante medo. Teriam prendido o meu amigo? Maria parecia não saber o que fazer, mas parou o carro e saltou, toda decidida.

– Ei, o que está acontecendo aqui? – perguntou. – A estrada está fechada?

O papagaio havia sumido do céu. Desci do jipe também, para ver se conseguia alguma informação. Tinha um policial que estava entrando na viatura e que pouco nos deu atenção. Disse que estava tudo bem e logo o caminho estaria liberado. Aquela história não me convencia. Fui me aproximando do carro enquanto Maria distraía os policiais, fazendo um monte de perguntas.

De repente, ouvi algumas batidas e tratei de procurar exatamente de onde vinham. Em pouco tempo identifiquei: eram feitas pelo Vendedor de Sonhos, no banco de trás do carro da polícia. Ele tinha sido capturado por causa daquela denúncia de roubo do LP do meu avô.

– Seu policial, por favor, solte o meu amigo que está aí com vocês. Ele não fez nada!

O policial disse que ele havia feito, sim: era ladrão e tinha roubado um objeto muito valioso de uma residência na cidade. Eu argumentei que aquilo não era verdade, que eles estavam cometendo uma injustiça. Ele, sem paciência, saiu do carro e Maria correu para o meu lado.

– Não tem como negar, garoto. Ele foi pego em flagrante. Encontramos o disco desaparecido na mala dele. O próprio "Clube da Esquina", autografado.

Quando os policiais tiraram o Vendedor do carro, eu vi o tal disco na mão dele.

— Está aí. Pode ver! – disse a autoridade.

Nossa! Era outro disco! Existia outro disco! Aquele não era o do meu avô. O LP sumido estava comigo, dentro da minha mochila. Naquela hora, eu só queria ver o meu amigo solto. Para desfazer toda a confusão, pensei que o melhor era mostrar o disco perdido. Quando ia tirar a mochila das costas para pegá-lo, o Vendedor teve uma crise de tosse. Todos se assustaram de tão intensa que foi. Então percebi que era um truque: quando olhei para ele, vi que fazia um gesto negativo com a cabeça e rapidamente entendi – ele não queria que eu mostrasse o disco do meu avô para os policiais.

Maria, que acompanhava toda a cena em silêncio, observava o disco como se soubesse do que se tratava. Ela entrou na conversa:

— Seu policial, olhe bem para este disco. Este que está com ele é o "Clube da Esquina 2", o disco número 2. Meu pai tinha um igualzinho!

O Vendedor de Sonhos ainda completou:

— Eu estava tentando dizer isso a eles. E o autógrafo neste é do Milton Nascimento.

Maria perguntou aos policiais se eles tinham a descrição do objeto perdido. Eles disseram que sim, e então averiguaram as especificações do disco roubado e notaram a diferença.

Os policiais assumiram a confusão e pediram desculpas. Ao libertarem o Vendedor de Sonhos, devolveram o disco apreendido. Não quiseram cometer uma injustiça. Assim que foram embora, entreguei o do meu avô ao Vendedor. Os dois foram postos na mala dele.

— Ainda bem que você me entendeu, Daniel. Não podíamos entregar o disco perdido para a polícia a essa altura. Eles o apreenderiam e entregariam para seu avô. O baile está começando, e esta missão é minha.

— E este "Clube da Esquina 2", Vendedor?

— Venha comigo, Daniel. Venha comigo! — ele disse.

Então Maria nos lembrou:

— Vamos correr, que o baile está acontecendo! Não podemos perder tempo! Além disso, Vendedor, você é a atração musical principal deste ano.

Subimos todos no jipe Manoel e foi dada a partida. Uma vez. Duas vezes. Três vezes. Só faltava essa: O carro não queria pegar!

* * *

Estávamos nós três — Maria, o Vendedor de Sonhos e eu — no meio da estrada, preocupados com o baile. O jipe, mesmo depois de tantas tentativas — que eu até perdi a conta —, não queria mesmo pegar.

– O que faremos? – perguntei.
– Não sei, Daniel, não sei. Pelo horário, o baile já deveria ter começado – disse Maria. – A atração musical já deveria estar no palco, mas ela está aqui no meio da estrada.

O Vendedor de Sonhos se levantou com seu violão e tocou uma nota.

– Ela está aqui, a atração musical do grande baile da cidade, mas não fará desfeita para ninguém. Chegará lá nem que seja no pó da estrada – ele falou, cantarolando.

– Será que não passa ninguém por aqui para nos dar carona? – eu quis saber.

Maria disse que era muito difícil. O Vendedor pensou alto:

– Quem tem de nos ajudar somos nós mesmos. Nossa vontade, nosso sonho, nossa força, nossa magia. Vocês não acham?

Eu concordei com ele e percebi, pela disposição de Maria, que ela também concordou.

– Vocês têm alguma coisa mágica aí? – perguntou o Vendedor, já exibindo o dele. – Eu tenho um violão.

Maria, animada, disse com toda a convicção:

– Eu sinto que a magia vem para mim quando eu danço.

– Então dance, Maria, dance! – estimulou o Vendedor, e Maria saiu pela estrada dançando. – E você, amigo Daniel, tem o quê?

Eu pensei. Pensei muito. Procurei algo mágico em mim. Procurei na minha mochila e achei.

— Eu trouxe o gravador do meu avô hoje. Com a fita mágica dele. Eu tenho certeza de que esta fita tem algo de especial.

— Então toque a música, Daniel! — pediu Maria, rodopiando pela estrada de terra.

— Vamos dançar, vamos cantar. Que o nosso baile comece aqui. Não tenhamos medo. Vamos fazer o mundo inteiro dançar na noite de hoje — cantarolou meu amigo velho.

Eu fiquei com vergonha e disse:

— Eu não sei dançar, Maria.

Ela riu. Achou graça, e eu adorava quando ela achava graça. Aí correu até mim e me estendeu a mão:

— Venha, eu danço com você o que você dançar! Ponha a música e vamos para o nosso baile.

Maria e eu dançamos naquela noite pela estrada de terra. O Vendedor de Sonhos, com o violão, acompanhava a música da fita. Esse foi o momento mais bonito daquelas minhas férias. Foi tão bonito quanto a letra da música que rodava no gravador:

Se você quiser eu danço com você
No pó da estrada
Pó, poeira, ventania
Se você soltar o pé na estrada

Pó, poeira
Eu danço com você o que você dançar
Se você deixar o sol bater
Nos seus cabelos verdes
Sol, sereno, ouro e prata
Sai e vem comigo
Sol, semente, madrugada
Eu vivo em qualquer parte de seu coração
Se você deixar o coração bater sem medo
Se você quiser eu danço com você
Meu nome é nuvem
Pó, poeira, movimento
O meu nome é nuvem
Ventania, flor de vento
Eu danço com você o que você dançar
Se você deixar o coração bater sem medo
Se você deixar o coração bater sem medo
Se você deixar o coração bater sem medo

 O nosso coração batia sem medo, como pedia a canção. Íamos juntos, caminhando pela estrada afora, cheios de vida, alegria, esperança e sonhos. Queríamos mesmo, assim como o nosso amigo, vender sonhos e realizá-los. Quando a gente acredita nas coisas, nada pode dar errado. E com aquelas músicas mágicas do Clube da Esquina tínhamos a única alegria que poderíamos querer naquela noite: ver todo mundo feliz.

Capítulo 13
A GRANDE FESTA

Empurramos o jipe Manoel até um lugar seguro da estrada e seguimos viagem a pé. Ver a estação se aproximando nos dava uma felicidade danada. Talvez porque aquele baile, na nossa história, tivesse um significado muito, muito especial. E ver a alegria de todos dançando em volta da velha estação, dentro das salas, confirmava que aquela festa era mesmo importante para todos. Dos olhos do Vendedor de Sonhos escorreram algumas lágrimas. Eu me segurei para não chorar também.

O que mais nos chamou a atenção ao chegarmos ao baile foi que estava sendo anunciado que a atração musical da noite estava prestes a subir ao palco. Pela nossa programação, o cantor a se apresentar com a banda das crianças seria o Vendedor de Sonhos! Alguma coisa tinha mudado no meio do caminho.

Eu só fui entender depois que a vovó Lilia me contou tudo o que tinha acontecido enquanto estivemos fora.

Naquele momento em que deixamos a estação a bordo do jipe Manoel para salvar o Vendedor de Sonhos, passamos a responsabilidade da organização do baile para o vovô. Ele, que até então estava desanimado com

aquela história por causa do sumiço do disco, foi aos poucos assumindo seu papel na festa: o de grande anfitrião do evento. Tratou de conferir se as comidas e bebidas estavam dando conta e até disse para a vovó:
– Acho que este baile na estação é o mais bonito da história.

Lá pelas tantas, as pessoas começaram a ficar ansiosas para assistir ao número musical que se apresentaria naquela noite. Era o que todos esperavam todos os anos. Naquele momento o vovô ficou realmente preocupado. Afinal, ele não fazia ideia do que havia sido preparado para aquela noite. E a grande atração, na realidade, estava bem longe dali.

– Não podemos deixar essas pessoas esperando, sem música – ele disse à vovó, já nervoso. – O que podemos fazer, Lilia?

Vovó, esperta que só ela, deu a sugestão:
– Eu acho que este ano, Borges, você tem de subir lá e cantar.

Vovô, de acordo com que a vovó me contou depois, no primeiro momento ficou temeroso com o desafio. Ela ternamente insistiu:
– Não tenha medo, Borges. Você é isso. Você canta e sempre cantou. Tem isso dentro de você.

Ele ainda ficou pensando um tempinho, mas, quando o pessoal na plateia começou a bater palmas chamando pela música, era tudo ou nada. Era preciso fazer alguma coisa. Então o vovô deu um beijinho na vovó e falou:

— Esta é a minha chance!

Nesse momento, Maria, o Vendedor e eu chegamos à festa. A multidão chamava pela música e nós corremos para bem pertinho do palco. Vovô subiu os degraus, feliz e um tanto emocionado. Os meninos da banda que tínhamos ensaiado estavam a postos. Vovô Borges, nervoso, pegou o microfone e sorriu:

— Hoje, meus amigos, sou eu que vou cantar a música para vocês – anunciou.

Todos aplaudiram. E eu estava orgulhoso do meu avô.

Ele começou a cantar uma música linda, linda mesmo, que começava assim:

O que foi feito, amigo
De tudo que a gente sonhou?
O que foi feito da vida?
O que foi feito do amor?

Eu queria dançar, dançar a noite toda.

Quisera encontrar
Aquele verso menino
Que escrevi há tantos anos atrás

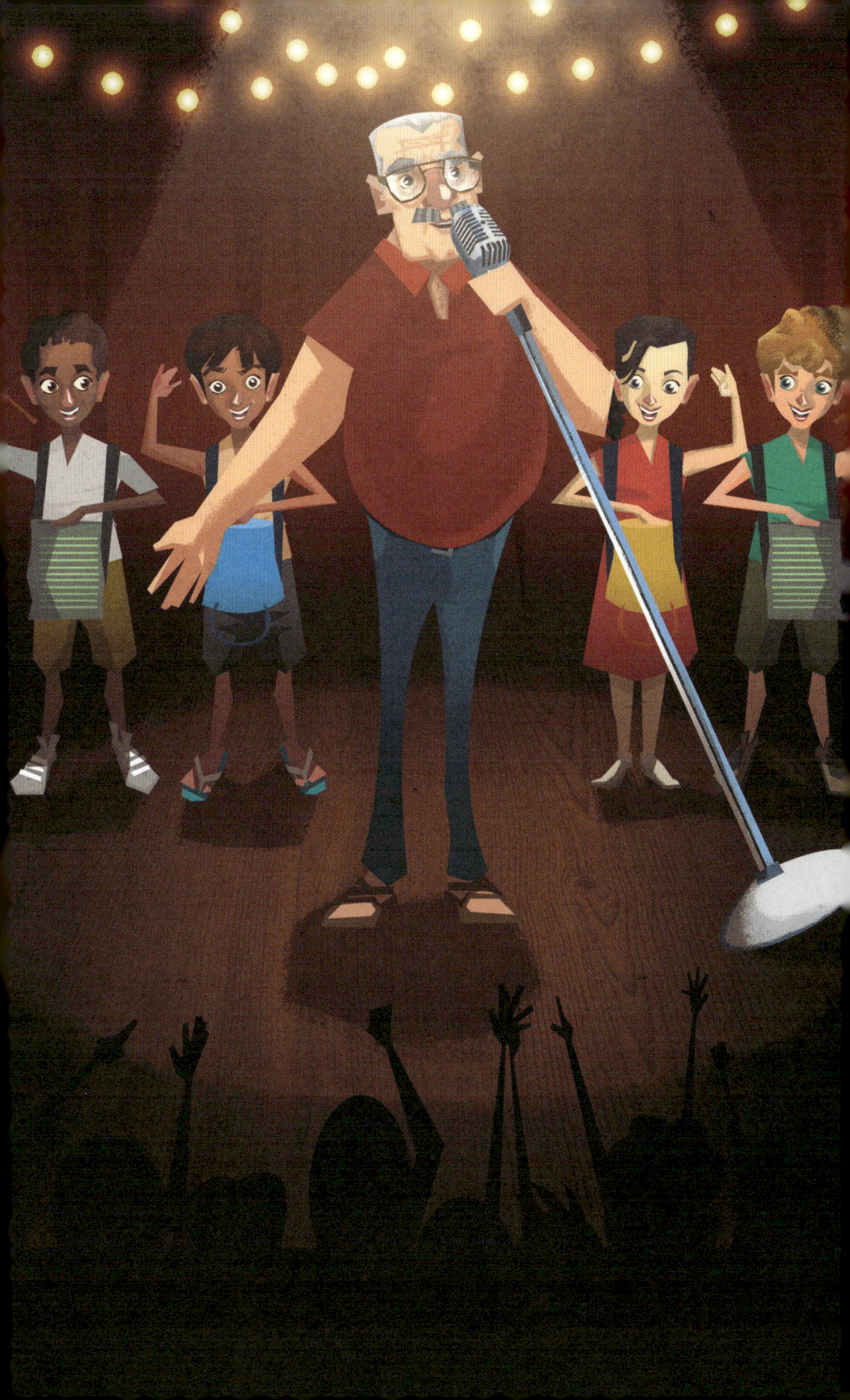

Maria rodopiava pelo salão da estação como a mais linda bailarina.

Falo assim sem saudade
Falo assim por saber
Se muito vale o já feito
Mais vale o que será

E a vovó estava muito emocionada. Acho que ela estava se lembrando de quando conheceu o meu avô no palco.

E o que foi feito
É preciso conhecer
Para melhor prosseguir

As pessoas aplaudiam e cantavam juntas a canção.

Falo assim sem tristeza
Falo por acreditar
Que é cobrando o que fomos
Que nós iremos crescer

E eu quis perguntar ao Vendedor de Sonhos se aquela música também era do pessoal do Clube da Esquina. Quando o procurei ao meu lado, não o achei.

Outros outubros virão
Outras manhãs plenas de sol e de luz

Quando voltei o meu olhar para o palco, vi o momento mais encantador daquele baile. Lá estava também o Vendedor de Sonhos, com seu violão, ao lado do meu avô. As crianças continuavam acompanhando. Vovô, ao vê-lo, tomou um susto enorme. Mesmo assim, parecia um susto de felicidade. E o meu velho amigo, que trazia a felicidade para todos, começou a cantar também. A segunda parte daquela música dizia assim:

Alertem todos os alarmas
Que o homem que eu era voltou
A tribo toda reunida,
Ração dividida ao sol
E nossa Vera Cruz,
Quando o descanso era luta pelo pão
E aventura sem par
Quando o cansaço era rio
E rio qualquer dava pé
E a cabeça rolava num gira-gira de amor
E até mesmo a fé
Não era cega nem nada
Era só nuvem no céu e raiz

Hoje essa vida só cabe
Na palma da minha paixão
Devera nunca se acabe
Abelha fazendo o seu mel
No pranto que criei
Nem vá dormir como pedra e esquecer
O que foi feito de nós

Ao fim daquela apresentação, todos estavam cheios de emoção. Vovó disfarçava o choro, secando as lágrimas com seu lencinho. Maria ainda flutuava no meio de todos, que aplaudiam os dois no palco. Gritavam "Bravo!!!", "Lindo!!!", "Bis!". Lá no palco, vovô Borges e o Vendedor de Sonhos estavam abraçados, como dois velhos amigos.

***

Quando vi os dois abraçados, percebi que a nossa missão tinha sido cumprida. Emocionados, vovô e o Vendedor de Sonhos ficaram ali, vivendo aquele momento, enquanto toda a cidade os aplaudia.

Vovó correu para trás do palco, sem acreditar no que tinha acontecido:

– Eu sonhava tanto com esse dia. Para acontecer tudo outra vez! O palco, as pessoas, a música...

Eu, para não perder nada daquele histórico encontro, também tratei de segui-la. E chamei Maria, que ainda dançava pelos cantos.

Fomos todos lá para trás, e vovô e o Vendedor de Sonhos ainda não tinham se largado. Sorriam e choravam, emocionados.

– Eu não acredito que você está de volta, meu velho amigo! – dizia o meu avô.

– Eu não prometi que voltaria, Borges?

Quando o vovô me viu lá, tratou de nos apresentar.

– Daniel, quero que você conheça o meu velho amigo Francisco. Ele e eu éramos uma dupla e tanto quando jovens. Ele com o violão e eu com a minha voz, amávamos cantar nos bares, nas ruas, nos bailes da vida. Mas ele, um dia, foi embora.

– Ele é o da foto, vô? – perguntei, lembrando-me do dia em que vi vovô mexendo na foto de um antigo amigo. Ele respondeu que sim.

– Eu já conheço o Daniel, Borges! – entregou o velho Vendedor.

– Como assim?

– Encontrei o Daniel no ônibus, quando vinha para cá. Depois, nós nos reencontramos na cidade e organizamos este baile.

– Vocês?! – surpreendeu-se o meu avô.

– Nós, Borges. Nós. Para a sua alegria e a alegria de todos – disse o andarilho.

Vovô estava tão feliz que começou a contar histórias da infância deles.

— Você acredita, meu neto, que um dia esta cidade foi o palco das nossas estrepolias? Crescemos, cantamos juntos por aí, mas não conseguimos alcançar nosso sonho de nos tornar uma grande dupla.

— Às vezes a vida é assim... Por isso eu fui andar pelo mundo para fazer as pessoas felizes! Para elas não perderem seus sonhos — explicou o meu amigo.

— Ele é o Vendedor de Sonhos! — contei ao meu avô.

— Vendedor de Sonhos? Como assim?

E ele explicou:

— Sim, Borges. Depois que cada um seguiu seu caminho, eu fui ser maquinista dos trens que ligavam a nossa cidade a Ponta de Areia.

— Eu me lembro disso... — disse vovó.

— Exato, Lilia. Quando desativaram a estação, eu não podia ficar parado. Tinha de seguir o mundo, por isso fui a pé.

— Que bonita essa história, Vendedor — interrompeu Maria, emocionada. — Por isso na volta você foi se alojar na estação?

— Exatamente. Este era o meu lugar preferido aqui. Então, Borges — continuou a contar —, eu resolvi fazer a felicidade das pessoas e me transformei em Vendedor de Sonhos. Mas eu disse a você que um dia voltaria, não disse?

— Sim. E também que, quando voltasse, você me daria um sinal. Só que você se esqueceu disso...

O Vendedor riu e perguntou ao amigo, relembrando:

— Borges, qual era a nossa brincadeira cheia de cumplicidade quando éramos crianças?

Vovô pôs a memória para funcionar.

— Apagar as luzes das casas das pessoas e sumir com algum objeto lá de dentro, não era? Ah, meu amigo, isso era um espetáculo! Era tão divertido...

O Vendedor olhou para o vovô e disse:

— Pois é, Borges. Você não entendeu o meu sinal.

Vovô começou a fazer as devidas associações.

— O meu disco...

— Não apenas isso... Eu apaguei as luzes de toda a cidade! Lá na estação fica o disjuntor de toda a parte elétrica daqui. Lembra-se daquela noite?

— É verdade... O blecaute... – vovó Lilia lembrou.

— Você é um menino que não cresceu... – disse o meu avô.

E o velho, espertamente, respondeu:

— Há um menino, há um moleque...

Todos riram.

— Francisco – vovô ainda queria saber –, por que o meu LP do Clube da Esquina? Você sabia que eu o guardava com todo o cuidado.

— Eu precisava pegá-lo para fazer sentido a minha volta à cidade.

– E qual é o motivo dela?
O Vendedor pediu que eu fosse buscar a mala. Eu fui em um pé e voltei no outro, com ela em mãos. E a entreguei ao vovô.
– Abra, Borges – pediu o Vendedor.
Vovô abriu a mala e seus olhos se encheram de lágrimas.
– Eu não acredito no que estou vendo! – disse.
Lá dentro estavam o "Clube da Esquina", número 1, autografado pelo Lô Borges, e o "Clube da Esquina 2", autografado pelo Milton Nascimento.
– E, vô, nem precisa dar a recompensa para a gente, hein? – eu soltei.
O Vendedor de Sonhos deu risada. E logo explicou seus motivos:
– Eu voltei para trazer o que consegui nas minhas andanças. Eu precisava dar esse sonho a você. E era preciso entregar os dois juntos. Parceiros e amigos são assim: nos momentos mais importantes da vida devem estar juntos. Como o Clube 1 e o Clube 2. Como o Milton e o Lô. Como eu e você.
Foi tão emocionante que todos ao nosso redor choraram. Eu também deixei as lágrimas rolarem no meu rosto, pela felicidade do vovô e pela surpresa feita pelo Vendedor de Sonhos.
– Mas por que você invadiu a minha casa, Francisco? – queria saber o meu avô.

– Lembre-se de que eu sou o Vendedor de Sonhos, que invade quartos, salas, janelas e corações.

Nossa missão se encerrava ali. E o reencontro do vovô com o Vendedor de Sonhos, ou melhor, seu Francisco, me mostrava o que era uma amizade verdadeira e duradoura.

Para completar, o dia era de festa. Voltamos para aproveitar o baile e dançar a noite toda.

Vovô agora apresentava seu velho amigo ao pessoal da cidade. Alguns até o reconheceram. E mais: mostrava para todo mundo o disco recuperado e o novo disco, o "Clube da Esquina 2", autografado pelo Milton Nascimento.

As crianças batucaram as latas e as pessoas dançaram felizes.

A cidade nunca tinha vivido um baile tão lindo quanto aquele. E tão importante.

Capítulo 14
MARIA, MARIA

Depois do sumiço do disco, do baile que quase não existiu e da história de uma velha amizade, só me restava descansar. Afinal, o dia seguinte seria o último das minhas férias.

Assim que o baile terminou e todos voltaram para casa felizes, fiquei na estação com Maria para darmos uma arrumada no local. Eu sentia que também tinha uma amiga de verdade. Por isso, resolvi dar um presente a ela:

— Maria, esta flor é para você — e entreguei-a. Eu me lembrei do dia em que a vovó disse que mulheres adoram receber flores.

— Muito obrigada, menino Daniel — ela sorriu, surpresa com o presente.

Naquela noite, ela estava tão feliz por ter passado tanto tempo dançando que parecia mais bonita. Eu, um pouco cansado, olhava para o céu, sentado na plataforma. Maria chegou perto de mim e disse:

— Você vai embora amanhã, não vai? Dona Lilia me contou...

— Sim, eu vou — e completei: — Vou sentir muita saudade daqui.

– Eu também... – ela disse baixinho.
– Esta estação já deve ter visto muita saudade... Tanta gente que chegou e foi embora. – eu falei.
– São só os dois lados da mesma viagem – ela disse. – O trem que chega é o mesmo trem da partida. A hora do encontro é também de despedida. A plataforma dessa estação é a vida desse meu lugar. É a vida.
E voltou a ficar em silêncio. Acho que era por isso que ela achava tão bonito aquele lugar. Então, de repente, ela se levantou e me perguntou:
– O gravador, aquele que o seu avô emprestou a você, está aí?
Eu o tirei da mochila e ela continuou:
– Que tal uma última música para eu dançar esta noite?
Eu sorri e apertei o *play*.

Maria, Maria
É um dom, uma certa magia
Uma força que nos alerta
Uma mulher que merece viver e amar
Como outra qualquer do planeta
Maria, Maria
É o som, é a cor, é o suor
É a dose mais forte e lenta

De uma gente que ri quando deve chorar
E não vive, apenas aguenta

Mas é preciso ter força
É preciso ter raça
É preciso ter gana sempre
Quem traz no corpo a marca
Maria, Maria
Mistura a dor e a alegria
Mas é preciso ter manha
É preciso ter graça
É preciso ter sonho sempre
Quem traz na pele essa marca
Possui a estranha mania
De ter fé na vida

Então Maria se aproximou de mim e me deu um beijo no rosto. Aquele beijo mudou completamente a minha história. E foi assim que ela dançou para sempre dentro de mim.

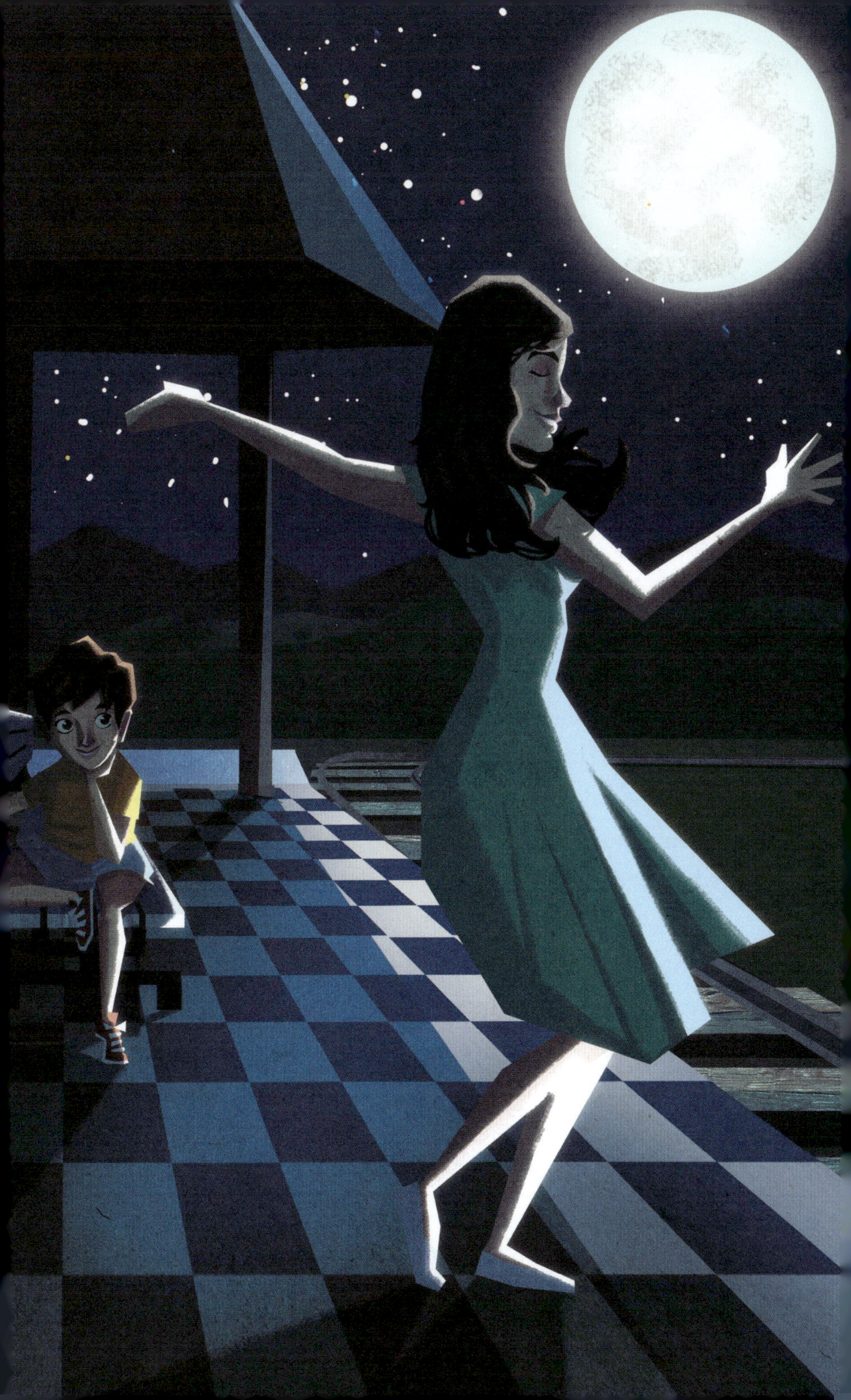

Capítulo 15
TRAVESSIA

Último dia das minhas férias. Acordei apressado para não perder tempo. Corri para o Bar da Esquina para falar com a Maria. Quando cheguei lá, vovó estava arrumando as coisas. Não vi a minha amiga.

– Cadê a Maria, vó? Eu preciso falar com ela uma coisa que fiquei pensando...

– A Maria foi embora – respondeu a vovó.

– Embora? Como assim, vó?

– A família dela já estava arrumando a mudança desde antes de você chegar, Daniel. Mudaram-se para Belo Horizonte. Ela pediu desculpas por não ter se despedido de você, disse que não gosta dessas coisas.

Eu fiquei muito triste com aquela notícia, mas a vovó ainda tinha uma surpresa:

– Ela deixou este bilhete para você.

Saí cabisbaixo do Bar da Esquina, ao som de uma música do disco "Clube da Esquina 2" que tocava na vitrola. Vovô passou por mim, gritou o meu nome, mas eu não lhe dei muita atenção.

Segui até a praça ali em frente e me sentei em um banco. Lá, eu abri o bilhete para saber o que ela tinha escrito para mim.

Meu querido amigo Daniel,
Nosso segredo é saber que a festa está dentro da gente. E que devemos viver nossos sonhos.
Um beijo enorme da sua amiga,
Maria

Mais uma vez recorri ao gravador do vovô, que tinha se tornado o meu companheiro inseparável. Ele tocou uma música que mexeu comigo e dizia muito do que eu estava sentindo. Ali, quieto no banco da praça, eu a ouvi e chorei baixinho. Um choro que só queria dizer que muita coisa tinha acontecido na minha vida.

Quando você foi embora
Fez-se noite em meu viver
Forte eu sou, mas não tem jeito
Hoje eu tenho que chorar
Minha casa não é minha
E nem é meu este lugar
Estou só e não resisto
Muito tenho pra falar

Desliguei rapidamente o gravador e saí correndo. Eu precisava contar o que tinha acontecido para o meu velho amigo Vendedor de Sonhos.

* * *

Fui para a estação, pois tinha certeza de que o encontraria por lá. Quando cheguei, ele já estava de saída. Olhou para mim e percebeu a minha cara triste.

– O que aconteceu, meu amigo? – perguntou.

– Vendedor, a Maria foi embora!

– Foi embora? Como assim?

– É… A vovó me disse que a família dela estava de mudança… Eu queria pedir a você…

– Desculpe, Daniel – ele me interrompeu, olhando no relógio. – Podemos conversar mais tarde? Estou com um pouco de pressa, afinal, mesmo depois de tudo, continuo sendo um vendedor de sonhos. Tenho de cumprir uma missão para uma pessoa muito especial.

Aí ele se agachou, olhou para mim e me disse:

– Lembre-se sempre, meu garoto: não importa qual seja o fim, o que vale é a travessia.

E me abraçou. Eu precisava mesmo de um abraço amigo.

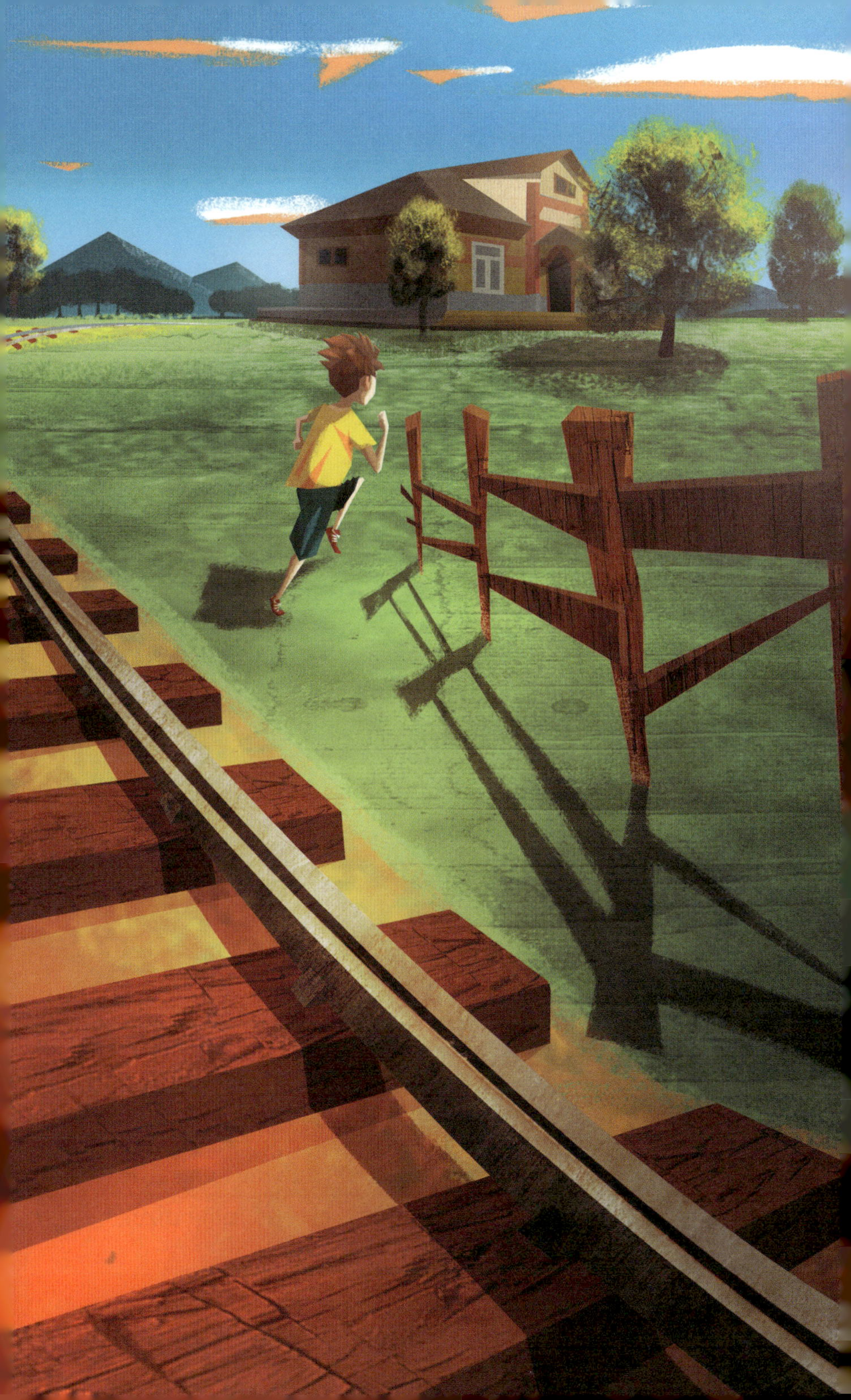

Capítulo 16
AMIGO É COISA PRA SE GUARDAR

Voltei para a casa dos meus avós para terminar de arrumar as minhas coisas. Vovô e vovó já estavam prontos para me levar à rodoviária. Antes de partirmos, eu precisava devolver o gravador ao meu avô. Nesse momento, contei sobre a fita que ele havia esquecido lá dentro. Vovô ficou surpreso.

– Não acredito que essa fita estava aí dentro... Tantos anos... Achei que ela tinha se perdido – ele disse. – Que bom que ela fez parte da sua aventura, Daniel. Essa fita, com essas músicas, eu gravei e dei para o seu pai quando ele foi viver a maior aventura dele: ir para a cidade grande. Eu sempre acreditei que as canções do Clube da Esquina eram mágicas e pensei que seu pai, levando-as com ele, carregava o mundo bonito que traziam. Na correria e na euforia da partida, dos acontecimentos de anos atrás, ele a esqueceu aqui. E agora essas músicas, meu neto querido, fizeram parte da sua história.

Era verdade. Aquelas músicas do Clube da Esquina, uma descoberta tão importante nas minhas férias, foram especiais. Parecia mesmo que elas queriam dizer

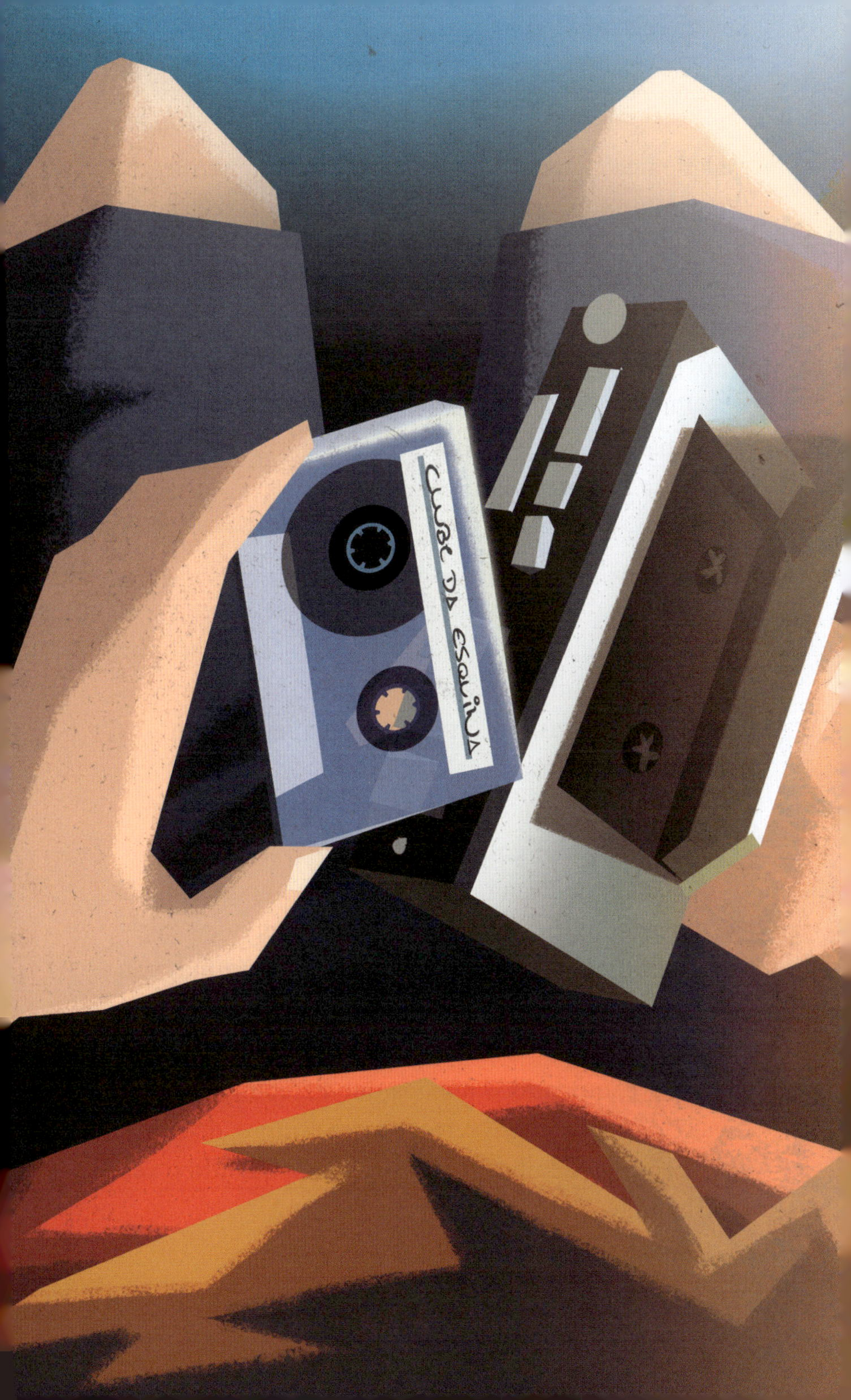
CLUBE DA ESQUINA

algo; a cada acontecimento, traziam alguma surpresa. Então vovô me contou algo também especial:

– *Há canções e há momentos, que eu não sei como explicar, em que a voz é um instrumento que eu não posso controlar. Ela vai ao infinito, ela amarra a todos nós e é um só sentimento na plateia e na voz.*

Eu entendi perfeitamente o que ele quis me dizer: que havia momentos que se casavam com canções. Foi isso que aconteceu comigo.

* * *

A despedida era sempre difícil. Aquelas férias foram muito diferentes, ainda mais do que eu havia previsto quando estava indo para lá. Entre muitos abraços e beijos, vovó pediu que eu levasse para os meus pais os doces que ela tinha feito.

Já o vovô pediu que eu levasse outra coisa na mochila: o gravador com a fita.

– Um presente para você, Daniel. É importante que o gravador e a fita fiquem com você e com o seu pai.

– Obrigado, vô. Sempre que ouvir essa fita, vou me lembrar de você, da vovó, da cidade, das pessoas que conheci, do Vendedor de Sonhos, da Maria, do Bar da Esquina, dos amigos que fiz aqui, do papagaio, de tudo. E com certeza, para sempre, do Clube da Esquina. Lembra o que você dizia quando o seu disco tinha sumido?

– Que isso é uma coisa que nunca deve ser perdida!
– Nunca! – eu disse, abraçando-o.
Entrei no ônibus e fiquei acenando para os dois. Eles estavam emocionados. Acho que era saudade. Eu também já sentia saudade.

Era hora de me ajeitar, porque o ônibus logo partiria. Que bom que eu tinha ficado com o gravador. Talvez pudesse continuar ouvindo as músicas. Apertei o *play* e percebi que a fita tinha acabado. A aventura tinha terminado.

Olhei pela janela e vi uma pessoa lá longe.
Era o Vendedor de Sonhos.
Ele me acenava. Estava feliz.
Também acenei, com toda a intensidade de que fui capaz.

Percebi que ele tentava me dizer alguma coisa, fazia gestos apontando para mim, mas eu não entendia... Eu continuava acenando.

O motorista do ônibus acionou a partida. Afivelei o cinto, porque a viagem ia começar. Naquele momento eu vi, no banco ao meu lado, algo que me deixou muito surpreso: o meu gibi. Aquele que eu tinha emprestado ao Vendedor de Sonhos. Peguei o gibi e tive outra surpresa: embaixo dele, uma fita como aquela que estava no gravador. Curioso, rapidamente a peguei e pus para tocar.

Nela havia apenas uma música. E certamente era isso que o Vendedor de Sonhos estava querendo me dizer. Olhei outra vez pela janela e ele já não estava mais lá. Por toda a viagem eu fui ouvindo a canção que estava na fita nova. Toda a viagem, eu acho, era toda a vida...

Amigo é coisa pra se guardar
Debaixo de sete chaves
Dentro do coração
Assim falava a canção
Que na América ouvi
Mas quem cantava chorou
Ao ver o seu amigo partir

Mas quem ficou, no pensamento voou
Com seu canto que o outro lembrou
E quem voou, no pensamento ficou
Com a lembrança que o outro cantou

Amigo é coisa pra se guardar
No lado esquerdo do peito
Mesmo que o tempo e a distância digam não
Mesmo esquecendo a canção
O que importa é ouvir
A voz que vem do coração

*Pois seja o que vier, venha o que vier
Qualquer dia, amigo, eu volto a te encontrar
Qualquer dia, amigo, a gente vai se encontrar*

Aquele tinha sido o maior presente que eu havia recebido.

O UNIVERSO DO CLUBE DA ESQUINA

A AVENTURA REAL

Este livro se define como "Uma aventura ao som do Clube da Esquina". Por que criar uma história embalada por este movimento? Por que resgatar suas canções?

O Clube da Esquina representou um importante momento da história da música popular brasileira. Surgiu na década de 1960, na cidade de Belo Horizonte, capital de Minas Gerais, a partir do encontro do jovem Milton Nascimento com a família Borges. Eles se conheceram em um edifício chamado Levy. Milton havia chegado para morar na cidade, vindo de Três Pontas, que fica no interior do estado. Já a grande família Borges vivia em um dos apartamentos – grande, porque era composta de seu Salomão e Dona Maricota, os patriarcas, e 11 filhos, todos muito ligados à música.

E foi exatamente por causa dessa afinidade musical que Márcio Borges, um dos filhos do casal, em pouco tempo se tornaria grande parceiro e um dos primeiros letristas das canções de Bituca – apelido carinhoso dado a Milton Nascimento. Desse encontro nasceram as primeiras músicas: *Crença*, *Novena* e *Gira girou*.

Pouco depois, uma turma de apaixonados por música, cinema e arte foi surgindo ao redor deles. Uniram-se a uma série de jovens compositores, músicos e instrumentistas e criaram um belíssimo círculo de amizade. Entre eles Beto Guedes, Fernando Brant, Ronaldo Bastos, Toninho Horta, Tavinho Moura e Flávio Venturini. Os encontros para fazer música e se divertir aconteciam na esquina das ruas Paraisópolis e Divinópolis, no bairro de Santa Tereza, na capital mineira.

No ano de 1967, Milton Nascimento havia se tornado conhecido em todo o Brasil por causa da belíssima canção *Travessia*, que tinha letra de Fernando Brant.

Ela ficou em segundo lugar no II Festival Internacional da Canção, no Rio de Janeiro. Foi naquele ano que ele gravou seu primeiro disco.

Lô Borges, Hélcio Jacaré, Milton Nascimento e Beto Guedes, integrantes do Clube da Esquina, em 1972.

Mesmo com a chegada do sucesso, Milton não desgrudou dos amigos. As noites de música continuavam, e foi nessa época que um dos irmãos mais novos de seu amigo Márcio chamou a sua atenção: era Lô Borges, que começava a apresentar grande talento musical. Entusiasmado, Milton então o chamou para fazerem um trabalho juntos.

Em 1972, eles e todos os amigos entravam em estúdio para gravar o disco que resultava daquela parceria. O LP seria batizado de "Clube da Esquina" — em homenagem aos encontros na esquina de Belo Horizonte. Nesse álbum estão músicas que ficaram eternizadas no coração de todos, como Paisagem na janela, Nuvem cigana, San Vicente e Trem azul.

Seis anos depois, em 1978, com a ótima aceitação do público e o sucesso do primeiro disco, surgiu a ideia de produzir o segundo volume do Clube da Esquina para celebrar, mais uma vez, a união daquelas pessoas tão talentosas. Contando com participações especiais, como as de Chico Buarque e Elis Regina, Milton Nascimento lançou o "Clube da Esquina 2". Nesse disco surgiram grandes sucessos, como O que foi feito de Vera, Maria, Maria, Que bom, amigo, entre outros.

Aqueles amigos e parceiros musicais continuaram fazendo muita música bonita por toda a carreira — cada qual seguindo a sua, mas nunca perdendo o vínculo que os uniu um dia. Canções emblemáticas como Coração de estudante, Clube da Esquina — 1 e 2, Canção da América e Nos bailes da vida se tornaram marcantes na vida dos brasileiros.

Capa do LP
"Clube da Esquina", de 1972.

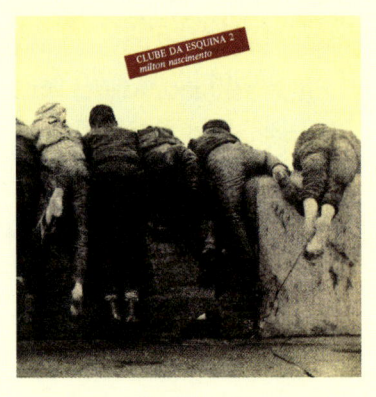

Capa do LP
"Clube da Esquina 2", de 1978.

OS PERSONAGENS

A história de Daniel e de seus amigos está recheada de referências e homenagens às canções e aos integrantes do Clube da Esquina. Algumas devem ter sido bem fáceis de encontrar, outras nem tanto. Vamos contar agora quais são elas.

O nome **Maria**, que batiza a melhor amiga do protagonista, está presente em várias letras de canções, como em *Maria, Maria* e *Maria solidária*.

O personagem **Vendedor de Sonhos** foi criado a partir da letra da canção com o mesmo nome, que conta a história de um caixeiro-viajante que realiza os sonhos das pessoas por onde passa.

A história da velha Chaleira está na canção *Chaleira do alto da poeira*, composta por Fernando Brant, que conta a história de uma senhora que vive carregando latas e sucata.

O jipe Manoel, pertencente ao avô de Daniel, aparece na música *Manoel, o Audaz*, inspirada em um veículo desse tipo que Fernando Brant tinha quando jovem.

Os nomes das crianças da cidade também não foram escolhidos ao acaso: Léo, Pablo, Paula e Bebeto são nomes que aparecem em títulos de canções; o mesmo acontece com Daniel, o nosso protagonista, já que *Daniel* é uma das músicas que está no disco "Os Borges".

Já os avós de Daniel foram batizados para homenagear as famílias de Milton Nascimento e de Lô Borges. O avô, seu Borges, carrega o sobrenome da família de Lô, e a avó, dona Lilia, tem o mesmo nome da mãe de Milton. Já a vizinha faladeira, dona Maricota, homenageia a mãe de Lô e de Márcio, que era carinhosamente chamada por esse apelido.

MAIS CLUBE!

Para conhecer mais histórias sobre o Clube da Esquina, suas canções e seus integrantes, aqui vão algumas dicas para você continuar a sua pesquisa.

O site www.museuclubedaesquina.org.br do **Museu do Clube da Esquina** é a página oficial na internet. Nele você pode encontrar todo o histórico dos discos, entrevistas com os cantores e compositores, fotos e vídeos exclusivos, e até mesmo teses universitárias sobre o movimento. Você também poderá ouvir as canções do Clube da Esquina, inclusive as que estão neste livro (é só ler aqui e ouvir lá!).

Alguns livros também contam um pouco mais dessa história. As crianças e os adolescentes podem se deliciar com passagens ilustradas em quadrinhos da trajetória do Clube da Esquina em *Histórias do Clube da Esquina*, de Laudo Ferreira. Os adultos poderão se encantar com *Os sonhos não envelhecem*, escrito por Márcio Borges, um dos fundadores do Clube da Esquina. O livro de Márcio é considerado a biografia oficial do movimento, que foi retratado de maneira afetuosa por quem viveu, bem de perto, todos os seus momentos.

AS MÚSICAS MÁGICAS

Aqui estão as músicas que aparecem nesta aventura, seja com a letra completa, seja por meio de citações. Com isso você poderá fazer uma pesquisa para ouvi-las durante a leitura.

Paisagem na janela (p. 22-23)
Fernando Brant e Lô Borges

Maria solidária (p. 31-32)
Milton Nascimento e Fernando Brant

Ponta de Areia (p. 42)
Milton Nascimento e Fernando Brant

O vendedor de sonhos (p. 52-53)
Milton Nascimento e Fernando Brant

Chaleira do alto da poeira (p. 57-58)
Fernando Brant e Tavinho Moura

Clube da Esquina 1 (p. 60-61)
Milton Nascimento, Lô Borges e Márcio Borges

O trem azul (p. 62)
Lô Borges e Ronaldo Bastos

Nada será como antes (p. 64)
Milton Nascimento e Ronaldo Bastos

Que bom, amigo (p. 66)
Milton Nascimento

Bola de meia, bola de gude (p. 77-79)
Milton Nascimento e Fernando Brant

Nos bailes da vida (p. 86)
Milton Nascimento e Fernando Brant

Coração civil (p. 93)
Milton Nascimento e Fernando Brant

Nuvem cigana (p. 104-105)
Lô Borges e Ronaldo Bastos

O que foi feito de Vera | O que foi feito devera (p. 108-112)
Milton Nascimento, Fernando Brant e Márcio Borges

Encontros e despedidas (p. 120)
Milton Nascimento e Fernando Brant

Maria, Maria (p. 120-121)
Milton Nascimento e Fernando Brant

Travessia (p. 124)
Milton Nascimento e Fernando Brant

Canções e momentos (p. 128)
Milton Nascimento e Fernando Brant

Canção da América (Unencounter) (p. 130-131)
Milton Nascimento e Fernando Brant

AGRADECIMENTOS

A realização deste livro não seria possível sem o apoio e o carinho de algumas pessoas.

Primeiramente, o agradecimento especial aos inspiradores de tudo: Milton Nascimento, Lô Borges, Fernando Brant, Marcio Borges e Ronaldo Bastos – que, cheios de entusiasmo, abraçaram a aventura de Daniel e permitiram que ela chegasse aos leitores. Obrigado pela atenção, disponibilidade, paciência e envolvimento.

Junto deles, uma equipe sempre a postos: Marcelo Pianetti, Paulo Laffayete, Isabel Brant e Claudia Brandão.

Agradecemos também às editoras musicais Dubas, EMI Publishing e Grupo Arlequim, pelo empenho em todo o trâmite de autorização das letras das canções para este livro.

E nosso carinho e gratidão aos nossos familiares – Paula, Evair, Cidinha, Reginaldo, Otávio, Zé Mario, Helô e Renata – e também a todos os amigos que torceram, como grandes fãs, para este livro nascer.